庚申
戊
淘
文
乙
勑

천미신교
부양지부

천마신교 낙양지부 7

정보석 新무협 판타지 소설

초판 1쇄 찍은 날 § 2017년 11월 7일
초판 1쇄 펴낸 날 § 2017년 11월 14일

지은이 § 정보석
펴낸이 § 서경석

편집책임 § 이선근
편집 § 김슬기

펴낸곳 § 도서출판 청어람
등록번호 § 제387-1999-000006호
등록일자 § 1999. 5. 31
어람번호 § 제2-2731호

주소 § 경기도 부천시 부일로 483번길 40 서경B/D 3F (우) 14640
전화 § 032-656-4452 팩스 § 032-656-4453
http://www.chungeoram.com
E-mail § chungeorambook@daum.net

ⓒ 정보석, 2017

ISBN 979-11-316-91512-3 04810
ISBN 979-11-316-91369-3 (세트)

7

천마신교 낙양지부

정보석 新무협 판타지 소설

FANTASTIC ORIENTAL HEROES

도서출판 청어람

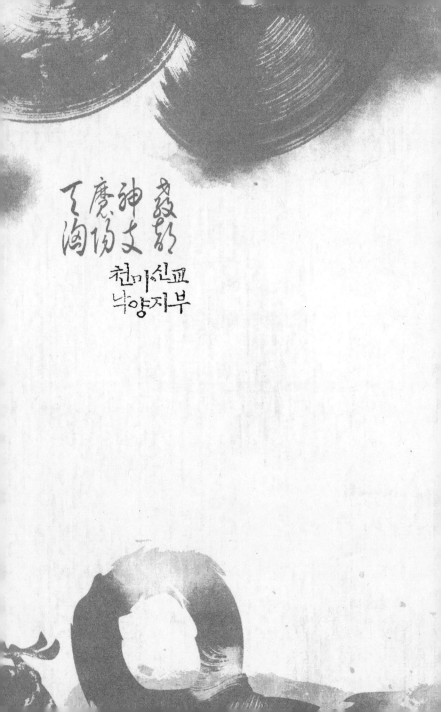

藏經
神文
慶陽
了洵

천미신교
낙양지부

目次

제삼십일장(第三十一章)

삼 일이 지났다.

피월려는 지금 연무장에 서 있었다.

아침 내내 역화검을 곧게 뻗고, 기를 집중하여 검에 넣는 것을 연습했다.

옆에선 주소군이 매의 눈으로 기의 흐름을 봐주면서 한마디씩 툭툭 던지며 그를 지도했다. 그러면 피월려는 주소군의 말을 듣고 즉각 하나둘씩 고쳐 나갔다.

피월려는 역화검과 교류하게 된 이후부터 엄청난 속도로 검공을 익힐 수 있었다. 지금까지 그가 검공을 펼치지 못한 이유는 그의 검상이 완전하지 못했기 때문이 아니다. 검공에 관한 깨달음이야 이미 오래전에 완성했지만, 역화검에 깃든 망령이 방해했기 때문이다. 이젠 그가 검공을 수련하는 데 아무것도 막힐 것이 없었다.

내력은 문제가 되지 않았다. 역화검으로부터 얻은 양기와 극양혈마공의 양기를 합치니 증가한 진설린의 음기까지도 조화롭게 받아들일 수 있었다.

질적인 면에서도 큰 발전을 이루었다. 전에는 공기처럼 사방으로 튕기던 마기가 이제는 물처럼 묵직하게 흐르기 시작한 것이다.

전체적인 기의 흐름에서 헛되게 낭비되는 것이 없고 흐름 자체 또한 매우 안정적이어서 오랫동안 음양합일을 하지 않아도 큰 문제가 되지 않았다.

주소군은 배가 출출해지자 목검을 거두어 다시 기둥 한곳에 걸어놓았다.

"슬슬 정오인 듯하네요. 전 이만 돌아가 볼게요. 오늘도 더 남아서 흑 소저와 함께 수련하시나요?"

피월려는 역화검을 서서히 내리면서 깊게 참아왔던 무거운 숨을 내쉬었다.

"후… 그렇소. 그런데 방금 또 흑 소저라고 부르셨소. 하하……."

"헤에. 역시 잘 안 되네요."

주소군은 멋쩍은 미소를 지었다.

주소군은 처음 연무장에 따라 나온 흑설을 봤을 때부터 매우 자연스럽게 흑 소저라고 불렀고 그 이후로 단 한 번도 반말을 하지 않았다.

흑설은 자기에게 흑 소저라고 부른 사람을 만나본 적이 없었기 때문에, 주소군이 그녀를 흑 소저, 흑 소저 할 때마다 얼굴을 붉게 물들였다.

그녀는 주소군에게 편하게 흑설이라 불러달라고 말했지만, 삼 일이 지나는 동안에도 큰 발전은 없었다. 주소군은 상대가 누구라도 정중하게 대하며, 반말을 쓰는 법이 없었기 때문이다.

피월려가 말했다.

"그럼 그냥 편하게 흑 소저라고 부르시오. 흑설이도 이해할 것이오."

주소군은 살짝 눈동자를 올려 피월려를 보았다. 그러나 이내 거두며 고개를 도리도리 돌렸다.

"아니에요. 흑설이라 불러야죠."

"수련에 좋은 성취가 있기를 바라겠소."

"헤에? 그러면 그 수련의 이름은 흑설 이름 막 부르기 수련인가요?"

"여기서는 그냥 웃으시면 되오."

"재미없는 농담은 재미있는 농담으로 받는 것이 최고죠."

"아… 재미없었소?"

"네."

"……."

피월려는 주소군의 시선을 회피하며 역화검을 등에 동여진 끈에 걸쳤다. 며칠 전 주문한 검집이 아직 도착하지 않았기 때문에 그는 역화검을 등에 대롱대롱 매고 다닐 수밖에 없었다.

원래라면 사악한 마기를 뿜어내야 하지만, 그가 역화검을 완전히 지배하게 된 지금은 모든 마기가 갈무리되어 겉으로 드러나지 않았다.

피월려가 주소군에게 물었다.

"용안 수련은 어떻소? 진전이 있소?"

주소군은 입술을 다부지게 오므리며 말했다.

"크응… 전혀 없어요. 전에 피 형이 말했듯이 용안심공은 제게 맞지 않는 것 같아요. 그래도 검상에 대해서 새로운 시각을 많이 접하게 되었으니, 반은 성공한 것이죠."

피월려는 처음부터 이렇게 될 줄 알았다. 용안심공은 노력과 비례하여 얻을 수 있는 종류의 것이 아니기 때문이다.

"너무 큰 걱정하지 마시오. 용안심공에 대해서 끊임없이 머릿속으로 연구하다 보면, 언젠간 깨달음의 시간이 찾아오게 될 것이오. 그때는 생각지도 못한 진전이 항상 주 형을 기다리고 있을 것이오."

"아마 그래도 전 피월려에 한참 못 미치는 수준에서 멈출 것 같아요."

평소 자신 없는 소리를 절대로 하지 않는 주소군인지라, 피월려는 묻지 않을 수 없었다.

"그건 왜 그렇소?"

그의 물음에 주소군은 턱을 괴었다.

"피월려가 말한 생각지도 못한 진전은 생과 사의 갈림길에서만 얻는 심득이죠. 그러나 저는 생사혈전에 그 긴박감을 느끼지 못하는 무공을 익혔어요. 그것은 언제나 마음의 차가움을 유지하는 냉혈의 마공이에요. 양에 치우친 마공은 마기가 발현되면 될수록 흥분하거나 끓어오르잖아요? 하지만, 음의 마공은 점점 무언가에 홀린 듯 귀신이 돼버리죠. 그러니 긴박함을 느끼지 못하는 제게 있어 용안의 진전은 더딜 수밖에 없죠."

피월려도 잠시 그의 말을 곱씹어보았다. 그러고는 고개를 느릿하게 끄덕이며 말했다.

"흠… 그것은 나도 생각하지 못한 부분이오. 그러나 듣기에는 확실히 그런 면이 없지 않아 있는 듯하오."

"게다가 이제는 그런 생사혈전의 기회도 많지 않아요. 인마 시절에는 하루하루 죽음의 문턱을 넘나들었지만 지금은 나른한 시간이 더 많죠. 옛날에 용안심공을 익혔다면 정말로 좋았을 거예요."

"······."

"뭐, 피 형도 자설검공을 모두 익힌 것이 아니잖아요? 검공의 가장 기본적인 묘리만 취하신 것이니, 이도 반이죠. 또한 심즉동에 관한 것도, 제가 무언가 가르치는 것이 아니라 옆에서 도와주기만 할 뿐이죠. 따라서 제가 용안심공을 익히지 못한다 하더라도 상관은 없어요. 새로운 시각을 많이 접한 것만 해도 어디예요?"

피월려는 희미하게 웃었다.

"그렇게 생각해 주니 고맙소."

"뭘요. 전 이만 가볼게요. 저쪽에서 혹 소저가 오네요."

피월려는 이번에도 그가 흑설을 혹 소저라고 불렀다고 지적하고 싶진 않았다. 대신 포권을 취했다.

"알겠소. 잘 가시오."

"네."

고개를 까닥인 주소군은 곧 특유의 부유하는 듯한 발걸음으로 연무장을 나섰다. 복도에서 마주친 그들은 몇 마디 인사를 나누더니 곧 서로의 길을 다시 걷기 시작했다.

흑설이 피월려를 발견하자마자 쪼르르 달려왔다. 그녀는 꽉 문 이를 드러내 보이며 치를 떨듯 양손을 주먹 쥐고 부르르 떨었다.

"으으으… 느끼해."

"뭐가?"

"나보고 계속 흑 소저, 흑 소저 그러잖아요? 존댓말도 그렇고. 으으으… 느끼해."

다시 억지로 떠는 그녀의 몸에서 어린아이의 순수함이 엿보였다. 피월려는 그녀의 머리 위에 손을 살포시 얹었다.

"그냥 그러려니 해."

"피이……."

"얼른 수련하고 점심 먹자. 알았지?"

"네!"

"일단 가부좌부터."

흑설은 군말 없이 즉시 피월려 앞에서 가부좌를 틀었다. 그리고 그가 가르쳐 준 대로 단전으로 호흡하면서 눈을 감고 생각을 비웠다. 그러나 가부좌같이 찌뿌둥한 자세가 삼 일 만에 익숙해질 리 없었기에, 그녀는 몸을 이리저리 비비 꼬면서 온몸으로 불만을 토로했다. 그래도 어린아이치고는 끈기 있게 버티면서 가까스로 가부좌라고 불러줄 만한 자세를 유지하기는 했다.

피월려는 하오문 지부주를 잡은 공으로 여인들이 익히는 수많은 미용서와 마공을 두루 얻었다. 그는 모르지만, 항간에는 그가 낙양제일미의 공처가가 되어버렸다는 소문이 자자했을 정도로 많은 양이었다.

그는 그것을 모두 정독하여, 그 속에 가진 공통점들을 모두 모아, 가장 기본적인 무공 수련 방법을 만들었다. 특색이 모두 지워져서 무공 수련이라 할 수 없을 정도로 투박한 알맹이만 남았지만, 흑설을 준비시키기엔 최상의 것이었다.

호법원의 원주이자 천살가의 인물인 악누가 흑설의 존재를 알았다. 조금이라도 천살성의 가능성이 있는 흑설은 결국 천살가에 가게 될 운명인 것이다. 사흘 동안은 감감무소식이지만, 본 교에서 출발한 천살가의 인물은 언젠간 낙양지부에 도착할 것이다.

그 전까지 얼마나 시간이 남았을까? 피월려는 조급해지는 마음을 가다듬었다. 천마신교 정도 되는 큰 문파라면 무공 입문도 체계적으로 잘 잡혀 있게 마련이고, 흑설에게 잘못된 무공을 가르치진 않을 것이다. 게다가 천살성으로서 천살가에 들어가는 것은 어찌 보면 가장 옳은 길이다.

무거웠던 마음이 편해진다.

이 정도면 죽은 예화도 편히 눈을 감으리라.

흠칫.

"……."

숨이 막힌다.

과연… 과연 그런 것인가.

이 모든 것의 동기는 죄책감이었던 것인가.

지금까지 죽인 인간이 얼마나 되는데.

고작 기녀 한 명 때문에…….

"하아……."

피월려는 손으로 이마를 받치고 깊은 한숨을 내쉬었다.

죽은 어머니의 얼굴이 머릿속에 그려진다.

기녀의 복장과 기녀의 화장, 익숙한 그 모습이 묘하게 예화
와 겹쳐졌다.

"아저씨?"

피월려는 눈을 뜨고 흑설을 보았다. 흑설은 그를 말똥말똥
한 눈빛으로 올려다보며 호기심을 한가득 담은 표정을 짓고
있었다.

피월려는 손을 내렸다.

"아, 아무것도 아니다."

"네에……."

그런데 문득, 흑설의 풀린 자세가 피월려의 눈에 들어왔다.
그는 손가락을 하나 뻗어 흑설에게 위협적으로 흔들면서 조
금 큰 소리로 경을 쳤다.

"너! 이러면서 은근슬쩍 넘어가려고. 얼른 가부좌 틀지 못해?"

"아, 알았어요. 피이……."

흑설은 들리지 않는 작은 소리로 중얼중얼하면서 억지로 가부좌를 틀기 시작했다.

그리고 그녀는 곧 무아지경으로 빠져들었다.

피월려는 그 탁월한 집중력에 항상 감탄했다.

어린아이가 무공을 익혀도 큰 성취가 없는 이유는, 어른에 비해 의지력과 집중력이 낮기 때문이다.

넓은 세상에 관한 호기심이 왕성하고 몸의 힘을 주체하지 못하는 시기에 한자리에 가만히 앉아 생각을 비우는 일은 참으로 곤욕이 아닐 수 없다. 따라서 구파일방이나 오대세가와 같이 매우 엄격한 교육 방식으로 수련하지 않으면 어려서부터 내공을 쌓는 일은 거의 불가능하며 고수가 되는 일은 더더욱 불가하다.

그 예외로는, 무공에 집착할 수밖에 없는 동기가 생길 경우이다. 집안이 망했다든지 혹은 생명의 위협을 지속적으로 느낀다든지 하는 특별한 상황에서는 아무리 호기심 많은 어린아이라고 할지라도 어쩔 수 없이 내공을 잘 익히게 된다.

많은 백도의 고수는 전자에 해당하며 많은 흑도의 고수가 후자에 해당한다. 그리고 천하에서 손에 꼽을 만한 고수는 두 가지 모두 속하는 경우가 많다. 그 점을 보면, 이 두 가지에 딱히 부합되는 면이 없는 흑설이 이 정도의 집중력을 보여주는 것은 참으로 놀라운 일이다.

피월려는 그 이유가 흑설이 천살성이라 그런 것이 아닌가 하는 생각이 들었다. 천살성이라고 어린아이의 호기심이 어디로 사라지는 것은 아니다. 단지 천살성의 호기심은 모두 자신을 강하게 만드는 무공과 같은 것에 집중되어 있다고 말할 수 있을 것이다.

흑설은 한번 무아지경에 빠지면 정오가 될 때까지 깨어나는 법이 없었다. 피월려는 흑설이 안전하게 무아지경에 빠진 것을 확인한 후, 역화검을 들고 다시 기를 불어넣는 것을 연습하기 시작했다.

이제 역화검은 그의 기운을 받는 것에 거부함이 없었다. 피월려의 검상은 이미 검술의 경지를 뛰어넘어 검공에 이르렀기 때문이다. 하지만 실질적으로 검공을 익히지 않았기 때문에 오는 문제가 분명히 존재했다. 머리로 아는 것과 실제로 펼치는 것은 천지 차이기 때문이다.

피월려가 오로지 참고할 만한 것은 주소군의 자설검공이었다. 그것 하나만으로 객관적인 결론에 도달하려고 하니 참으로 어려웠던 것이다.

피월려는 검을 곧게 세우고 정신을 집중했다. 그러자 그의 내력이 자연스럽게 검에 흘러들어 가서 그 안을 가득 채웠다. 그는 그 검을 들고 이리저리 휘두르며 점차 가속했다. 그렇게 어느 한계속도에 도달하자, 역화검이 거칠게 진동하며 그의 수어검(手馭劍)를 벗어나려 했다. 이대로 계속 내력을 유지하다가는 어디로 튈지 모른다. 피월려는 빠르게 내력을 흡수하여 역화검을 진정시켰다.

"휴우우……"

그는 깊은 한숨을 내쉬며 수어검을 거두었다. 그러자 역화검의 거친 손잡이 표면이 그의 손바닥에 느껴졌다. 미세한 공간을 사이에 두고 검을 움직이는 수어검이 아니라면, 검공의 도움 없이 내력을 검에 주입하는 것은 어불성설이다. 하지만 내력을 주입하면 할수록, 속도가 빨라지면 빨라질수록 수어검으로 검을 통제하는 난도가 급상승한다.

내력을 집어넣은 검은 무게를 불리는 것과 같다. 속에 넘치는 힘을 넣으니, 마치 억지로 힘을 쓰는 근육처럼 부들부들 떨린다.

그것을 통제하며 쾌를 유지하는 것은 내력을 다루는 기감의 문제이다. 용안의 힘이 깃든 피월려의 정신력으로는 충분히 고지를 점령할 수 있다. 단지, 그에게 숙련할 시간이 필요할 뿐이었다.

그는 다시금 정신을 차리고 검에 내력을 집어넣었다. 그리고 전과 같이 서서히 쾌의 묘리를 담기 시작해, 그가 내력을 집어넣을 수 없었던 시절에 가졌던 속도까지 올렸다. 그렇게 최대 속도까지 단번에 끌어 올린 그는 그 상태를 최대한으로 유지하려고 안간힘을 썼다. 그러나 아슬아슬하기 짝이 없는 그 균형은 곧 깨질 수밖에 없었다.

피월려는 전신에 땀을 흘리며 거칠게 호흡했다. 그러다가 곧 역화검에 내력을 거두며 내력을 가라앉혔다. 그는 도저히 서 있을 수 없어 자리에 주저앉았다.

마공으로 인한 내력이나 오랜 실전으로 다져진 체력이 부족해서 힘이 드는 것이 아니다. 내력의 균형을 잘 맞추지 못해 생긴 결과이다.

쾌를 유지하려면 전신에 내력을 일깨워 근육의 힘을 비상식적으로 증가시켜야 하고, 중을 유지하려면 검에 내력을 넣어 그 무게를 비상식적으로 증가시켜야 한다.

그것뿐이라면 쉽다. 하지만 검을 움직이며 검술을 펼치는 와중에는 검의 속도와 몸의 속도가 항상 변한다. 휘두를 때와 거둘 때, 달릴 때와 섰을 때처럼 자세가 변하면 각각 들어가는 힘의 비율이 변한다. 그러므로 내력의 경계선 또한 항시 변할 수밖에 없었다. 2 : 8로 유지하던 것이 3 : 7이 되고, 언제는 또 9 : 1이 되어버린다.

경계선이 그리도 변칙적이니 당연히 내력이 한쪽으로 치우치게 된다. 그러다 보면 검에서 몸으로, 몸에서 검으로 항상 내력을 움직여 균형을 유지해야 했다. 마치 파도 속에서 흔들리는 선박의 키를 움직이는 것과 같다.

그 와중에 생기는 내력과 체력의 손실의 막대함이 이루 말할 수 없을 정도였다. 내력을 주입하는 것 자체는 손실이 없는데, 자꾸만 마찰이 생겨 버려 아까운 내력을 날려 먹는 셈이다.

고요한 주소군의 자태가 자연스럽게 머릿속에 떠올랐다. 잔잔하기만 한 그의 기운은 기의 균형을 완벽히 조절하는 데서 비롯된 것이다. 한 자세에서 다른 자세로 변할 때 생기는 균형의 변화를 완벽하게 따라간다. 사람들이 천재다, 천재다 하는 부분도 거기에 있고, 심즉동의 고수라 부르는 이유도 거기 있다.

주소군의 가르침 속에는 명백한 해답이 있었다. 피월려는 그것을 이해하고 시도하며 점점 윤곽을 잡아가는 중이었다. 그 증거로, 그가 검공을 수련한 지 이제 삼 일밖에 되지 않았지만 가지고 있는 이십 년의 내력을 모두 활용할 수 있는 경지까지 이르렀다. 단지 이제는 균형을 맞추는 일만 남은 것이다.

피월려는 충분히 쉬었다고 생각하여 다시 몸을 일으켰다. 그런데 한쪽에서 그를 바라보는 시선이 느껴졌다.

"누구시오?"

평범한 흑의의 사내였다. 그는 피월려의 물음에 순간 소스라치게 놀라며 부복했다.

"죄, 죄송합니다. 감히 피 대원님의 수련을 훔쳐볼 생각은 없었습니다. 단지 수련하시는 모습이 무인으로서 넋을 놓지 않을 수 없었습니다."

그는 혹시라도 피월려가 노여워하지 않을까 걱정하는 듯했다.

천마신교에서도 허락 없이 무공을 수련하는 장면을 엿보면 생사혈전까지 하려는 자가 수두룩했기 때문이다.

하지만 피월려는 그럴 생각이 없었다. 지금 그가 수련하는 것은 겉으로만 봐서는 절대로 알 수 없는 성질의 것이다.

그 남자가 처음부터 보았다고 해도 얻어갈 수 있는 것이 없을 것이다.

피월려는 역화검을 등에 걸치고는 그에게로 걸어갔다.

"전혀. 마음 쓰지 않소. 그런데 누구시오? 나에게 용무가 있는 것이오?"

"지화추 단장님께서 보내서 왔습니다."

"오? 그렇다면 마조대원이시오?"

"그렇습니다."

원래라면 소속과 성명을 말해야 하지만, 마조대나 말존대와 같이 비밀스럽게 움직이는 집단에서는 단주 외의 인물들이 자기의 이름을 좀처럼 이야기하지 않는다.

어차피 그들이 직접적으로 명령을 받는 이는 단주이며, 마교 내의 모든 사람은 단주를 통해서 그들을 부릴 수 있기 때문이다.

피월려는 마조대원이 직접 올 줄 몰랐기에 조금 놀란 목소리로 물었다.

"대원이 이렇게 직접 찾아오셨소?"

"지화추 단장께서 직접 서찰을 전하고 피 대원께서 그것을 받는 것까지 확인하고 오라 명하셨습니다. 서찰은 여기 있습니다."

그 남자는 품에서 서찰을 꺼내 피월려에게 주었다. 그 서찰은 겉에 뭔가 포장되어 있는 것도 아니고, 인장이 찍혀 있는 것도 아니었다. 그것은 누구라도 열어볼 수 있는 형태였다.

마조대원을 직접 보낼 정도로 중요하게 생각하면서 정작 서찰 자체의 보안은 허술하기 그지없다. 피월려는 그것을 통해 지화추가 부하의 실력과 충성심을 얼마나 신임하는지 알 수 있었다.

그는 서찰을 받았다.

"고맙소."

"한 가지 더, 전에 말씀하신 무공의 필사본입니다."

그 남자는 얇은 서책 하나 또한 피월려에게 건넸다.

그것은 피월려가 청일문의 잔당을 괴멸하라는 명령을 수행하고 나서 그 대가로 요구한 것으로, 천마 시조가 직접 창안한 상급검공 중 하나인 시사검공(弒死劍功)이었다. 그것은 천마신교 내에서 가장 기본이 되는 마공 중 하나로, 웬만한 마교인이면 한 번쯤 봤을 법한 흔한 마공이었다.

피월려는 수련을 하면 할수록 객관적인 검상을 얻기 위해서 자설검공 외의 상급검공을 볼 필요성을 느꼈다. 따라서 시사검공과 비교하며 객관적인 검상을 탐구할 생각으로 그것을 요구했었다.

"감사하오. 지부장께서는 지부 내에 이것이 있을지 모르겠다고 했었는데 굉장히 빨리 구하셨소?"

"이것 하나에 매달리며 다른 검공을 익히지 않은 특이한 분이 지부 내에 있었습니다. 그분은 구결 한 자, 한 자까지 모두 외우고 있었기 때문에 삼 일 동안 시간을 내서 쓴 것으로 알고 있습니다."

피월려는 고개를 갸웃했다.

"시사검공은 마교에서 가장 기본이 되는 검공이 아니오? 이것만으로는 높은 성취를 얻기 어렵지 않소?"

"그 부분에 대해서는 잘 알지 못합니다. 하지만 그분은 제오대에서 단주의 위치에 계시니, 꽤 성취가 있으셨던 것 같습니다만."

"아, 알겠소. 이렇게 직접 수고해 주시니 감사드리오."

피월려는 인사하자, 그 남자가 말을 이었다.

"마지막으로, 요구하신 은신처는 일단 제공하겠으나 작은 희생이 있었으니, 이는 빚이라고 말씀드리라 했습니다."

"사람에 따라 월권행위로 판단할 수도 있던 것이니……. 날 위해서 그리 해준 것이니 이번 호의는 꼭 내가 갚겠다고 전해 주시오."

"알겠습니다. 그럼 이만."

피월려는 은근히 마조대는 어떻게 사라질지 구경하고 싶었다. 내심 제이대와 같은 신통방통한 것을 기대했다. 하지만, 마조대원은 그의 기대를 무참히 저버리며 평범하게 돌아서 걸어갔다.

"생각보다 평범하군."

그의 짧은 독백에, 눈을 번쩍 뜬 흑설은 고개를 돌려 그를 보았다.

"뭐가요?"

그녀의 목소리를 듣고 나서야 그녀가 깨어났다는 것을 알게 된 피월려는 연무장에 끝에 걸터앉아, 서찰을 펼치면서 말했다.

"아무것도 아니다. 그런데 벌써 일어난 것이니?"

"벌써라니요? 지금이 딱 정오가 확실해요."

"그래? 무아지경에 빠져 있었으면서 그걸 어떻게 아니?"

피월려의 물음에 흑설은 자기의 배를 과시하듯 땅땅 쳐 보였다.

"배가 고프거든요."

"……."

"근데 그 서찰은 뭐예요?"

피월려는 대답이 없었다. 단지 그의 눈동자가 쉴 새 없이 움직이며 글자를 읽고 있었다. 심술이 돋은 흑설은 쪼르르 그에게 달려와 그의 무릎에 양손을 탁 하고 얹고는 고개를 쭉 내밀어 서찰을 훔쳐보려 했다.

촤악!

피월려는 낚아채듯 서찰을 숨기고는, 표정을 구긴 흑설을 돌아보며 단호하게 말했다.

"어린 네가 볼 것이 아니다."

"그런 게 어디 있어요? 나도 보여줘요."

"안 돼. 자… 이만 가자."

"피이… 혼자만 보고."

"아, 글쎄. 안 된다니까?"

"……."

피월려는 흑설이 완전히 삐쳤다는 것을 알았지만, 서찰의 내용을 알려주고 싶은 생각은 전혀 없었다.

다행히도 흑설이 그의 마음을 이해했는지, 방으로 걸어가는 동안 단 한 번도 떼를 쓰지 않았다. 그래서 피월려는 흑설이 완전히 마음을 풀었다고 생각했다.

적어도 방 안에 들어가기 전까지.

"설린 언니! 월려 아저씨가 연무장에서 춘화(春畵)를 봤어요! 어찌나 남사스럽던지! 어휴⋯⋯."

"⋯⋯."

"⋯⋯."

영악하기 짝이 없는 것.

피월려는 화가 치밀어 올랐지만, 진설린의 사나운 시선을 피하는 것이 우선이므로 분노는 나중으로 미뤘다.

그는 점심 식사 동안 끝도 없이 변명을 해야 했다. 밥이 입으로 들어가는지 코로 들어가는지도 모르고 진설린의 의심에서 벗어나고자 안간힘을 썼다.

그녀의 옆에서 아무것도 모르겠다는 듯이 밥을 냠냠 맛있게 먹는 흑설을 한 대 쥐어박고 싶은 생각이 굴뚝같았으나, 가까스로 참아냈다. 용안의 힘이 아니었으면 진작 인내심이 바닥을 드러냈을 것이다.

피월려는 식사를 마치고, 자리에서 먼저 일어났다.

"나가세요?"

진설린의 물음에 피월려는 고개를 끄덕였다.

"오늘은 할 일이 있소."

"몸은 괜찮아요?"

피월려는 낙양마검에게 왼손이 거덜 나고 양 골반이 부러졌었다. 이후 역화검의 마기와 교주의 마공으로 즉시 완치가 되었으나, 방통과의 싸움에서도 다시금 큰 상처를 입었다.

그것은 미내로의 마법으로 치료를 받았다. 하지만 조금씩 시리고 이따금 찌릿한 식의 영향이 남아 있었다. 진설린은 그것을 염려하여 말한 것이다.

"오늘 수련하면서는 단 한 번도 고통을 느끼지 못했소. 아마 완전히 제자리를 잡은 듯하오."

"다행이네요. 그런데 어디를 나가세요?"

"임무이오. 아마 낙양 도시를 벗어나지는 않을 것이오. 다녀오겠소."

"네. 몸조심하세요."

흑설도 입안 가득한 음식을 꿀떡 삼키고는 숟가락을 흔들며 인사했다.

"잘 갔다 와요!"

피월려는 손을 흔드는 것으로 답을 대신하고는 방 밖으로 나섰다.

[제가 동행해야 합니까?]

피월려가 문밖에 나오자마자 주하의 전음이 들렸다.

"동행하지 않아도 되오."

[알았습니다. 저, 그런데 한 가지 물어보아도 되겠습니까?]

"이번에도 뇌지비응(雷枝飛鷹)에 관한 것이오?"

주하는 피월려가 오로지 수련에 몰두한 사흘 동안, 자기 또한 거처에 머물면서 밀린 수련을 하고 있었다. 전에 피월려의 말에서 깨달음을 얻어 뇌지비응을 익히게 되었지만 아직 완벽하게 다루지는 못했기에, 그 부분을 집중적으로 다루고 있었다.

[그렇습니다.]

"이번엔 어느 부분이 문제가 있소?"

[아무래도 도저히 이해를 할 수가 없습니다. 뇌기(雷氣)란 양기(陽氣) 그 자체라 봐도 무방할 정도로 양의 속성을 가지고 있습니다. 그런데 어찌 여인의 무공인 탈영수검(奪靈手劍)에 버젓이 있는 것입니까?]

"그 말은, 탈영수검의 이론을 모르겠다는 것이 아니라, 창시한 자의 마음을 이해하지 못하겠다는 것이오?"

[엄밀히 말하면 그렇습니다.]

"창시자의 마음을 헤아리는 것은 십성을 성취하고 십일성에 이를 때나 해야 하는 것이오. 너무 앞서가는 것 아니오?"

[저는 이미 탈영수검의 마지막 초식인 월광비검(月光飛劍)까

지 무리 없이 펼칠 수 있습니다. 단지 부록에 실린 이 뇌지비웅을 완성하고 싶은 것뿐입니다.]

"부록에 실렸다는 말은, 창시자도 이론적으로만 완성해 놓은 초식이라는 것이오?"

[그렇게 볼 수 있겠습니다만……]

"그렇다면 확실히 십일성 이상의 성취를 얻어야 하는 것이니, 창시자의 의도를 파악하는 것이 중요할 것이오. 이에 대해서 이대주는 뭐라고 말씀하셨소?"

[이대주께서는 뇌지비웅이 매우 비효율적이라 생각하고 익히지 않으셨습니다. 현재는 더 상급의 수검공(手劍功)을 익히고 있다고 말씀하셨습니다. 제게도 쓸데없는 것에 집착하지 말라고 충고해 주셨습니다.]

피월려는 주하가 뇌지비웅을 펼쳤던 광경을 머릿속으로 회상했다.

"확실히… 암공이라 하기에는 너무 화려한 초식이오. 날아가는 비도가 뇌기를 사방으로 뿜어대니……. 그러고 보니 왜 주 소저가 이 초식에 집착하는지 모르겠소. 이대주의 말처럼 어차피 암공으로는 쓸데없지 않소?"

[부록에서 이르기를 비도가 아니라 수검(手劍)으로 펼칠 수 있게 되면, 은밀함이 더해질 수도 있다는군요.]

"흐음… 비도가 아니라 수검으로 말이오?"

[예.]

"현 상태에서 수검으로 펼치면 어떻게 되오?"

[그냥 뇌기가 사라져 버립니다. 아마, 재질 차이가 가장 큰 문제가 아닌 듯합니다.]

"수검은 금속이 아닌가 보오?"

[네. 그래서 금속인 비도로는 일단 펼치는 것이 가능하지만……. 왠지 내력이 꼬여 내상을 입게 됩니다.]

"금속이 아닌 재질에 뇌기를 담는 것은 물속에서 불을 품는 것과 같은 것이오."

[역시 포기해야 되겠습니까?]

전음에는 왠지 힘이 없었다. 피월려는 나지막하게 중얼거렸다.

"흐음……. 도움이 되지 못해서 미안하오."

[아닙니다. 그럼 살펴 가십시오.]

"주 소저도 많은 성취가 있길 바라겠소."

피월려는 그 말을 마지막으로 걸음을 옮기려 했다. 그런데 불현듯, 그의 등 뒤에서 달그락거리는 역화검의 소리가 고막을 강타하는 듯했다.

역화(逆化)…….

"주 소저!"

다급한 피월려의 목소리에 주하가 즉시 대답했다.

[예, 무슨 일이십니까?]

"소저께서 뇌기가 양기의 집약이라 하셨는데, 어찌 소저께서는 뇌지비웅을 펼칠 수 있소?"

[그거야, 제 몸속에 있는 양기만을 뽑아 사용하기 때문입니다. 여인의 육체로 여인의 내공을 익혔기 때문에, 내력의 양에 비해서 양기가 매우 적습니다만 조금 무리한다면 내력에서 양기만 뽑아내는 것이 불가능하지 않습니다.]

"그렇소. 여자의 육체는 남자의 것보다 음기가 많고 양기가 적소. 따라서 여자의 무공은 남자의 무공보다 음기의 비율이 높은 것이오. 탈영수검 또한 그러리라고 생각하오."

[맞습니다. 탈영수검에서 사용하는 내력은 양기와 음기의 비율이 여인의 육체에 최적화되어 있습니다. 그런데 왜 갑자기 그것을 거론하시는 것입니까?]

"내 말은 왜 굳이 뇌지비웅만 양기의 비율이 압도적으로 높은 뇌기를 사용하나 이 말이오."

[그렇기 때문에 부록에 있는 초식이 아니겠습니까? 창시자 또한 이론상으로만 만들어놓은…….]

"아니, 그것이 아니오."

[그럼 무엇입니까? 피 대원께서 말씀하시는 저의를 모르겠습니다.]

"내가 하고 싶은 말은 역화에 있소. 음양의 관계는 떼놓을 수 없는 사이이며 서로가 서로를 견제함과 동시에 보완하오. 그런 관계에서 일어나는 가장 오묘한 현상이 바로 역화이오."

[역화?]

"그렇소, 역화. 생각해 보시오. 양기의 집약인 뇌기를 전도가 불가능한 재질인 수검에 담아야 한다? 음기의 비율이 압도적으로 높은 내력을 사용하는 탈영수검에서 갑자기 양기를 요구하겠소? 그리고 또한 그렇게 만든 뇌기를 왜 전도가 불가능한 수검에 담으라는 것이오?"

[그래서 모순이 생기는 것 아니겠습니까?]

"두 번 생기지."

[네?]

"한 번이 아니라 두 번이 생기오. 이것이 바로 핵심이오. 두 번의 연속된 모순은 서로를 만나면 자연스럽게 사라지는 것이 아니겠소?"

[그… 그렇다는 뜻은?]

"주 소저께서 뇌(雷)라는 단어를 너무 보편적으로 생각한 것이 아닌가 하오. 뇌지비응에서 말하는 뇌는 양기의 집약인 뇌가 아니라 음기의 집약인 뇌! 보통 뇌(雷)와 반대되는 성질의 것이 아닌가 하오."

[뇌의 정반대……]

"그러니 그것은 뇌와 정반대되는 속성을 가지고 있을 것이오. 보통의 뇌가 전도(傳導)되는 물질에서는 전도되지 않을 것이고 보통의 뇌가 전도되지 않는 물질에서는 전도되는… 그런 정반대의 뇌(雷) 말이오. 그것은 수검에서도 전도될 것이오."

주하는 한동안 반응이 없다가 툭하니 두 단어를 내뱉었다.

[음(陰)에서 비롯된 뇌기(雷氣)… 말씀이십니까?]

"그렇소. 혹 기학(氣學)에 대해서 잘 아시오? 뇌(雷)와 반대되는 성질을 찾으면……"

[그것은 전(電)입니다.]

"전(電)? 그것은 뇌(雷)와 같은 것이 아니었소?"

[통상적으로 그렇게 알려져 있습니다만… 기학에서는 이 둘을 구분합니다.]

"이상하군. 그렇다면 뇌지비응(雷枝飛鷹)이 아니라 전지비응(電枝飛鷹)이 아니겠소?"

[전(電)과 뇌(雷)의 개념은 매우 오묘합니다. 아마 탈영수검의 창시자가 이 개념을 잘 알지 못한 듯합니다. 저 또한 기학을 다시 공부해야 할 것 같군요. 무작위로 뇌기(雷氣)를 뿜어내는 것이 아니라 전기(電氣)를 뿜어낸다……. 피 대원 덕분에 실마리가 잡힌 듯합니다.]

"도움이 되었소?"

[네. 감사합니다. 아마 며칠 안으로 완성할 수 있을 것 같은 좋은 예감이 듭니다.]

"하하하. 그러면 행운을 빌겠소."

[피 대원께서도 조심히 다녀오십시오.]

그 전음을 끝으로 주하는 종적을 감춘 듯했다.

피월려는 주하에게 가르친 개념을 스스로 되새기면서, 서서히 발걸음을 옮기기 시작했다.

*　　　　*　　　　*

피월려는 남쪽 입구로 나섰다. 그곳에 가는 것은 처음이지만, 그는 이미 허가를 받은 상태이기 때문에 그곳으로 나가는 것에는 아무런 문제가 없었다.

조금 오랜 시간 걸음을 걷자 복도는 동굴로 변했고 동굴의 끝에 사다리가 보였다.

사다리를 타고 복도의 위로 올라갔고, 허름한 천막 안에 도착할 수 있었다. 그 천막의 주인으로 보이는 늙은 노파는 두꺼운 외투로 가녀리고 왜소한 몸을 감싸고 있었고 앞에 이상한 물건이 진열되어 있는 것이 흔한 점쟁이처럼 보였다. 그녀는 내부에서 나온 피월려를 한번 흘겨보고는 이내 시선을 거두었다.

피월려는 아무런 말도 없이 그녀를 지나 천막 밖으로 나갔다. 가을 치고는 매우 따뜻한 날씨로 강한 햇볕이 공기를 뜨겁게 데우는 듯했다.

낙양의 남쪽은 음지가 성행한 곳이라 그런지, 해가 높게 떠 있는 이 시각에는 그리 많은 사람이 보이지 않았다.

대다수의 술집과 기방은 모두 문을 닫았고, 그나마 객잔에는 점심을 소면과 만두로 때우기 위한 몇몇 사람만이 앉아 있을 뿐이었다.

피월려는 서찰에 적혀 있던 그림을 기억하면서 천천히 길을 찾기 시작했다. 그러나 그것이 그리 쉽지만은 않았다. 낙양과 같은 대도시는 오랜 세월 자연스럽게 만들어졌기 때문에 길이 매우 복잡하기 짝이 없었고 태생이 아니라면 길을 잃어버리기 일쑤다.

피월려는 한 시진을 고생한 끝에서야 겨우 원하는 곳에 도착할 수 있었다.

낙양지부의 남쪽 입구로부터 일각도 걸리지 않는 위치에 있었는데, 낙양의 음지인 남쪽에서도 그나마 잘사는 사람들이 모여 사는 곳이었다. 집 자체는 그리 넓지 않았지만 도시의 일반 집처럼 숨 막힐 듯 촘촘히 지어져 있지 않았다. 서로의 영역을 확실히 알 만한 울타리를 사이에 두고 띄엄띄엄 지어져 있었다.

피월려는 그중 한 곳을 찾았다. 집 앞에 가보니, 그 집의 주인과 가족들이 큰 마차 하나를 대령해 놓고 분주히 짐을 나르고 있었다. 그중에 가장으로 보이는 중년 사내의 얼굴은 좌추의 것을 그대로 닮아 있었다.

그는 다름 아닌 좌추의 아들인 좌구조다.

전에 그와 박소을, 그리고 초류선은 하오문과 좌추의 연결고리에 어떤 비밀이 숨겨져 있을 것이라고 결론지었다. 하오문에서 피월려를 이용하여 좌추를 감옥에서 빼오려고 했다는 심증을 검증하기 위해서, 박소을은 지화추 단장에게 좌추에 대해서 조사하라고 지시를 내렸고 그 결과가 서찰에 담겨 있었던 것이다.

피월려는 지화추 단장이 준 서찰을 다시금 꺼내 찬찬히 읽어 보았다.

좌추는 태생이 불분명하지만 몇십 년 동안 낙양에서 도둑 생활로 연명했다. 어릴 때 소매치기로 생활을 할 때부터 도둑으로 나름 이름을 날리기까지, 그는 언제나 하오문에 속해 있었다.

노년에는 남들과는 다른 비상한 머리로 여러 큰 건수에 계획을 세워주기도 했고 직접 지도하기도 했다. 훔친 물건의 일정량을 제공함으로써 여러 정보를 얻어 도둑질을 일삼았고, 도둑질을 하다 얻은 정보로 직접 하오문도가 되어 정보를 팔기도 했다. 그렇게 하오문과 돈독한 관계를 맺어온 그는 감옥에 들어갈 걱정을 평생 해보지도 않았다.

그런데 오 년 전 어떤 일을 계기로 하오문과 관계가 틀어져 하오문에서 내쳐졌다. 거짓 정보에 속아 꼼짝없이 관에 붙잡힌 좌추는 두 다리를 잃고 빛도 보지 못하는 그 동굴 속에서 오 년이라는 세월을 보내게 되었다.

정확히 오 년 전에 무슨 일이 있었는지는 하오문 내에서도 극비 정보라 마조대에서도 알아낼 수 있을지 미지수라며, 좌추에 대한 정보는 끝이 나 있었다. 그리고 그 뒤에는 좌추의 유일한 혈육인 좌구조의 주거지와 그의 가족 관계가 간략히 적혀 있었다.

피월려는 발걸음을 재촉하여 집 앞으로 다가왔다.

"계시오?"

그의 말에 바삐 움직이던 중년의 사내가 고개를 돌려 피월려를 보았다.

"뉘시오?"

"혹시 좌구조가 되시오?"

"나를 아시오?"

"아니오. 나는 좌추 어르신과 인연이 있는 사람이오."

피월려의 말이 떨어지기 무섭게, 좌구조의 얼굴이 핼쑥하게 변했다. 손에 힘까지 빠졌는지, 들고 있던 무거운 짐이 툭 아래로 떨어져 버렸다.

"그… 그… 그……."

말을 더듬으며 몸을 달달 떠는 그는, 무거운 짐이 발등을 세게 찍었음에도 너무 큰 공포에 사로잡혀 고통을 느끼지 못하는 듯했다.

"진정하시오, 나는……."

피월려가 손을 슬쩍 들자, 좌구조는 소스라치게 놀라며 양팔을 허우적거렸다.

"모, 모두! 바, 방 안으로 들어가! 어서! 얼른!"

좌구조의 다급한 소리에, 그의 뒤에서 짐을 나르던 여인과 아이들이 갑자기 모두 짐을 버려두고 쏜살같이 방 안으로 도망쳤다. 그것을 확인한 좌구조는 품에서 짧은 단도를 꺼내어 피월려를 겨누었다. 그러나 바들바들 떨리는 한 손으로는 도저히 잡고 있을 수 없었는지, 양손으로 겨우 붙잡았다.

부들거리는 그 손은 애처롭기까지 했다.

피월려는 설명했다.

"나를 가도무로 오해한 듯한데 나는 가도무가 아니오."

"가, 가도무… 그, 그게 누구이오?"

"그를 모르시오?"

"모르오."

"이상하군. 그렇다면 생판 모르는 사람 앞에서 왜 이렇게 공포에 사로잡혀 있는 것이오?"

"그, 그것은……."

좌구조는 대답하지 않았다.

피월려가 물었다.

"좌추 어르신에게 가도무에 대한 말을 들은 것이 아니오?"

좌구조는 피월려가 공격할 의사가 없다는 것을 느끼고는 서서히 안정감을 되찾았다. 그러나 여전히 의심이 가득한 눈초리로 피월려를 노려보며, 단검을 거두지는 않았다.

"가도무란 인물에 대해서 들은 바는 없소. 그러나 아버지께서 살아 돌아오지 못한다면 서둘러 낙양을 떠나라고 명하셨소. 누군가 우리 가족을 죽이러 올 수도 있다고 하셨소."

피월려는 마차와 짐을 흘겨보았다.

"아하……. 그래서 이사를 하려는 것이었소? 역시 좌추 어르신은 현명하셨군."

피월려의 독백에 좌구조가 물었다.

"그, 가도무라는 자가 우리를 죽이러 오는 인물이오?"

피월려는 고개를 끄덕였다.

"그렇소."

좌구조는 피월려를 위아래로 훑어보았다.

"그럼 그대는 누구시오?"

"말했지 않소? 좌추 어르신과 인연이 있는 사람이라고."

"아버지가 가진 인연은 악연밖에 없소. 십중팔구 아버지에게 악의를 품은 것 같은데, 지금 아버지를 찾는 것이라면 이곳에 없소. 방금도 말했듯이, 아버지께서 돌아오시지 않아 그 가도무라는 자를 피해 이사를 하려는 것이었소."

"나는 좌추 어르신에게 악의가 없소."

"그러면?"

"단지, 약조를 하나 한 것이 있소."

"다시 말하지만, 아버지는 여기 없소. 그러니……."

피월려는 좌구조의 말을 잘랐다.

"그것은 그대의 가족과 관련된 약조이오."

"무슨 뜻이오?"

"나는 좌추 어르신에게 그대와 그대 가족의 생사를 책임지 겠다는 약조를 했었소. 가도무로부터 말이오."

좌구조의 입이 살짝 벌어졌다.

"저, 정말이오?"

"그렇소."

"……."

좌구조는 눈알을 이리저리 굴리면서 고민했다. 그러더니 곧 검을 거두며 말했다.

"난 그대를 믿을 수 없소."

"당연하오. 나 또한 생전 처음 보는 사람이 와서 지켜주겠 다고 하면 믿지 않을 것이오."

"그러면 이해할 것이오. 나는 도움을 받지 않겠소. 동행 또한 원치도 않소."

피월려는 지당하다는 듯이 고개를 크게 끄덕였다.

"충분히 이해하오. 나 또한 옆에서 동행하려고 이곳에 온 것이 아니오."

"그럼 무슨 목적으로 나를 찾은 것이오?"

"피월려는 품속에서 전낭을 꺼냈다. 그리고 금 한 냥을 꺼내 그에게 주면서 말했다.

"받으시오."

좌구조는 일단 손을 뻗어 그것을 받았다. 금 한 냥의 값어치는 아무리 낯선 사람이 준다고 할지라도 거절할 수 없을 만큼 높은 것이기 때문이다.

"이 돈을 내게 주려고 온 것이오? 피난길에 요긴하게 쓰라고?"

"그뿐만이 아니오."

"그러면?"

"가도무란 인물은 특이한 무공을 익혔소. 그래서 해가 쩡쩡한 대낮에는 주체할 수 없는 마기가 전신에서 뿜어지오. 따라서 사람의 눈이 많은 성내에는 들어오지 못하오. 하지만, 성 밖으로 나간다면 언제고 그대를 덮칠 수 있소."

"무슨 말을 하는 것이오?"

"차라리 성내에 있는 것이 안전하다는 말이오. 적어도 낮에는 위험하지 않을 것이오."

"그 말이 사실이오?"

"그렇소. 내가 뭐 하려고 거짓을 이야기하겠소? 금 한 냥을 낭비하면서 말이오."

"……."

"성 밖으로 나가지는 말고, 여기에 쓰여 있는 곳으로 가서 조용히 지내시오."

피월려는 작은 종이를 내밀었다.

좌구조는 그 종이를 받으며 한동안 침묵을 지켰다. 이윽고 그의 굳은 입술이 열렸다.

"내가 어떻게 그쪽 말을 믿을 수 있겠소?"

피월려는 작은 미소를 얼굴에 그리며 대답했다.

"믿지 않아도 되오. 나는 좌추 어르신에게 약조한 것을 지키기만 하면 되니 말이오. 내 말을 믿지 않아서 그대와 그대 가족이 변을 당한다면 그것은 내 책임도, 잘못도 아니오. 이 정도만 해주어도 나는 내가 할 일을 다했다고 생각하오. 그러니 그 이상은 그대가 알아서 결정하시오."

"……."

"그럼 나는 이만 가보겠소."

피월려는 미련 없이 발걸음을 돌렸다. 그리고 열 걸음 정도 걸었을 때, 좌구조가 큰 소리로 그에게 물었다.

"얼마나! 얼마나 은둔 생활을 해야 안전하오?"

피월려는 걸음을 멈추지 않은 채, 고개를 돌려 대답했다.

"그 금전을 모두 쓸 때쯤이면, 아마 괜찮을 것이오. 행운을 빌겠소."

좌구조는 뭐라고 더 묻고 싶었지만, 빠르게 사라지는 피월려의 뒷모습을 바라만 볼 수밖에 없었다.

*　　　　　*　　　　　*

피월려는 그길로 나와 여유롭게 걸었다. 삼 일간 마음을 짓누르던 짐을 내려놓으니 발걸음조차 가벼워진 것이다.

지화추 단장에게 좌추의 가족이 어디 사는지 파악해 달라는 부탁을 하고 나서도 그는 조금씩 걱정이 됐었다. 이 거대한 낙양에서 음지에 종사했던 좌추의 가족을 찾는 것은 마조대라도 쉽지 않은 일이기 때문이다.

그래도 삼 일 만에 이렇게 찾아줘서 다행이지, 만약 좀 더 오래 걸리면 언제 가도무가 들이닥칠지 아무도 알 수 없었을 것이다.

그는 한적한 길가에 우뚝 솟은 한 거대한 나무를 보았다. 용안에 의해서 한껏 민감해진 기감으로 그 나무 주변을 휘감고 있는 자연의 생기를 진하게 느꼈다. 나무뿌리 하나하나가

갈색 비늘의 지룡처럼 땅을 바다 삼아 헤엄치고 있었고, 그 중심에 홀로 선 거대한 줄기는 두 사람이 팔로 둘러싸도 잡지 못할 정도로 굵었다. 껍질에는 아파 보이기까지 하는 잔상이 수년을 전쟁터에서 살아온 장수의 갑옷처럼 셀 수 없이 많았다.

적어도 백 년 이상 생존한 노목이 분명했다.

피월려는 주위를 살펴 사람이 없는 것을 확인하고는, 극양혈마공의 내력을 이끌어 발에 실었다.

보법이라는 좋은 기술이 없는 그의 발걸음은 투박하기 이를 데 없었고, 그의 거친 걸음에 나무껍질이 사정없이 벗겨졌다. 이제 곧 겨울이 오게 될 텐데 그 나무로서는 참으로 안타까운 일이었다.

빠른 속도로 나무 위로 올라간 그는 가장 높은 나뭇가지에서 편안한 자세를 잡았다. 그리고 눈을 감고 전신을 뒤덮는 나무의 생기를 폐 속 깊은 곳까지 마셨다. 그뿐만 아니라, 하늘에서 쬐는 태양의 기운까지도 온몸으로 만끽했다.

얼마만의 밖인가? 피월려는 지난 사흘 동안 지부 밖으로 나선 적이 없었다. 그래서 별거 아닌 평범한 오후가 이리도 특별하게 느껴진 것이었다.

그는 언사에서 소림파와 천마신교가 충돌 직전까지 갔던 일을 회상했다. 소림파의 방장인 임진은 천마신교가 낙양에서 어떤 간사한 계교도 부리지 못하게 하려고 적어도 오 일 안에는 나가야 한다는 조건과 성안에는 들어오지 말라는 조건을 내걸었었다.

성음청은 수락했으나 소림파의 입장에서 곧이곧대로 믿을 수는 없었다. 간악한 마교 무리의 말 따위를 어떻게 믿을 수 있겠는가? 소림파는 그날 즉시 소림파의 무승들을 모두 낙양에 파견했다.

그들은 설마 천마신교가 흑룡대만 이끌고 소림파를 직접 공격할 생각을 했다고는 예상할 수 없었을 것이다. 지금까지 매우 호전적이었던 전대 교주들과는 다르게, 성음청 교주는 손해를 보면서까지 충돌을 자제해 왔던 인물이었다.

그것을 잘 알기에 소림파도 어느 정도 안심하고 소림파 내부를 모두 비웠던 것이다. 그 선택은 곧 소림파의 재앙이 되었다.

안이 텅텅 빈 소림파를 상대로, 육대주인 미내로가 참회동에서 일깨운 수많은 전대 마두, 오십 명 전원이 절정고수인 흑룡대, 그리고 반로환동을 이룩한 입신급 고수 성음청의 공격은 매서울 수밖에 없었다. 게다가 미내로의 주술 탓에 소림파의 항마력이 무용지물이 되었다.

마공을 마음껏 폭주시킬 수 있던 흑룡대와 성음청은 같은 수준의 고수보다 세 배에서 다섯 배가량의 많은 내력을 내뿜을 수 있었다.

하지만 소림파의 주변에 정착한 은거고수들과 더는 활동하지 않는 전대고수들까지도 방어에 동참했다. 대부분이 절정고수였고, 개중에는 초절정고수까지 있었다. 소림파의 저력은 실로 막강하여 모두 모이니 초절정고수만 열을 넘었고, 절정고수는 이십을 넘었다. 젊은 무승들이 모두 소림파를 비웠음에도 이 정도의 저항 세력이 남아 있었다는 점에 성음청도 놀라지 않을 수 없었다.

하지만 이변은 일어나지 않았다. 그들은 격돌했고 결과는 천마신교의 압도적인 승리로 귀결되었다.

열 명의 초절정고수는 미내로의 강시들을 앞세워서 시선을 되돌렸고, 성음청이 그 사이사이를 도도한 걸음으로 은밀히 누비면서 기회가 날 때마다 한 명씩 상대했다. 심령을 흐리는 색살살소와 천마신교 최강의 수공 중 하나인 수수수수를 전력으로 펼치는 그녀의 행보에 초절정고수는 정신을 차릴 수 없었고, 점차 내력이 고갈되자 그녀의 맛좋은 먹이로 전락할 수밖에 없었다.

이십 명의 절정고수는 흑룡대원이 한 명씩 도맡아서 막강한 마공을 내뿜으며 상대했다. 같은 수준에서 마공은 압도적인 내력과 근력을 바탕으로 상대를 압살하기 때문에, 그들의 싸움은 매우 쉽게 끝이 났다.

그 후 이십 명의 흑룡대원은 삼십 명의 흑룡대원에게 합세하여 먼 거리에서 장풍과 검기로 성음청을 도와주는 것과 동시에, 넓은 소림파 어딘가에 숨어 있을지 모르는 인간을 모두 추적하여 도살했다.

소림파의 혈겁이 밖으로 새나가지 않게 하려고 그들은 날아가는 전서구 한 마리도 허용하지 않았다.

결국 수많은 은거고수와 노승들이 모두 소림파를 지키기 위해서 싸웠지만, 이 압도적인 수적 차이를 극복하지 못하고 모두 살해당했다.

만약 젊은 무승들이 있었다면 충분히 극복해 볼 만한 상황이었지만, 초절정고수 열 명이서 전대 마두급의 강시 백 구와 그 속에 숨어 기습하는 입신급 고수를 감당할 수는 없었다.

그 반면 흑룡대원과 성음청은 전혀 피해가 없었고, 오로지 미내로의 강시 구 할 이상만 형체를 알아볼 수 없을 만큼 파괴되었다. 어차피 버리는 패만 손해를 본 것이다.

성음청은 소림파의 비급을 노획하고 재산을 몰수한 뒤 즉시 그곳을 떠났다. 그러나 딱히 부수적인 이득은 없었다. 소림파의 무공 중 마인이 사용할 수 있는 것은 단 하나도 없었고, 소림파의 재산은 흔한 중소방파보다도 더 적었기 때문이다.

사실, 원래부터 소림파에서는 얻을 수 있는 것이 하나도 없다. 오히려 백도무림을 자극하는 꼴밖에 되지 않는다.

이번 일은 순전히 가도무의 행방을 찾지 못해서 열불이 난 교주의 변덕으로 이뤄진 일이라는 것이 천마신교 내의 중론이었다.

그 사실을 전해들은 피월려는 성음청이라는 인물에 대해서 다시 한번 경악하지 않을 수 없었다. 미친놈들만 사는 마교의 수장답게, 가히 천하제일의 광인이 아닌가? 그 엄청난 사건이 단순한 짜증 부리기였다니…….

덕분에 바빠진 것은 낙양지부였다. 그냥 바빠진 것도 아니고 혼이 달아날 정도로 바빠졌다. 이후 백도무림의 움직임을 예측하고 그에 걸맞은 대책을 만들려고 서화능과 박소을은 밤새 머리를 쥐어짰고, 낙양지부 소속 모든 마조대는 소림파의 사건을 은폐하고 지금까지 세운 계획을 모두 수정하는 데 혈안이 되었다. 밖에서 임무를 수행하던 모든 마인들에게는 귀환 명령과 대기 명령이 떨어졌다.

소림파의 멸문이 낙양에 끼치는 영향은 양으로나 음으로나 엄청난 파급을 불러일으켰다. 그런데 정작 폭풍의 핵인 교주 본인은 본부로 귀환해 버렸다. 그녀와 흑룡대가 직접적인 손해를 입은 것은 아니지만, 마기를 폭주시키며 엄청난 무리를 했기에 본부로 돌아가 몸을 추슬러야 한다고 했다. 솔직히 핑 곗거리로 들렸지만, 서화능은 존명으로 답할 수밖에 없었다.

그것만 해도 일이 차고 넘친다. 그런데 교주는 가도무의 추살까지도 지부에 명령했다. 낙양지부에 한번 맡겨보겠다는 식으로 말했지만, 사실은 몸을 한번 거하게 풀었으니 더는 흥미가 나지 않았기 때문이라는 것을 모르는 마인은 아무도 없었다.

이래저래 서화능의 심기는 매우 불편했고, 지부 내 마인들은 모두 찍소리도 못하고 지부에 처박혀 있어야 했다. 피월려도 그중 하나였기에, 좋은 계획안을 제출한 보상으로 잠시 잠깐 바깥공기를 마실 수 있게 된 것이다.

피월려는 눈을 살포시 떴다. 해는 기울었고, 뚱뚱한 거부의 튀어나온 복부 같은 상현달이 검은 하늘에 모습을 드러냈다. 공기는 한결 차가워졌고, 세상은 한결 어두워졌다.

그가 참회동 안의 기묘한 모험을 통해서 얻은 것은 어검술뿐이 아니다. 놀라운 사고의 확장을 통해서 용안심공의 비약적인 발전까지도 이루었다. 눈을 감고 밤까지 기다리겠다고 마음을 먹었고, 눈을 떴을 때는 세상이 밤이 되었다.

피월려는 몸을 일으켰다. 그런데 등골을 오싹하게 하는 찌릿한 살기 두 개를 순간 느끼고, 본능적으로 양손을 뻗어 방어했다.

피— 잉!

빠른 속도의 두 비도가 내력이 담긴 양손에 충돌하며 맑고

청아한 공명음을 토해내었다. 두 비도는 뱀의 꼬리처럼 빨려 들어가듯 한곳으로 사라졌다. 그리고 그곳에는 양쪽 입꼬리를 슬쩍 올린 무영비주가 보였다.

그는 무영비를 회수하며 말했다.

"솜씨가 늘었는데? 맨손으로 무영비를 막다니."

피월려는 예상치 못한 무영비주의 등장에 눈살을 찌푸렸다. 그가 잠에서 깨어난 것은 밤이 되어서가 아니라, 무영비주의 살기를 본능적으로 느꼈기 때문이다.

피월려는 무영비와 같은 희대의 신물을 튕겨낸 양손에 이상이 생기지 않았을까 걱정하며 양손을 훑어보았다. 그러나 극양혈마공의 내력이 손을 보호했는지, 아무런 피해도 찾을 수 없었다.

피월려가 말했다.

"진심으로 던진 건 아닐 텐데?"

"당연하지. 인사차 던진 거야."

"비도혈문에서는 참으로 대단한 인사법을 가지고 있군."

"오로지 외부인에게만 하는 인사법이니, 우리 가족끼리는 지금까지도 돈독히 잘 지내고 있지."

"어련하시겠나."

"크큭큭."

무영비주는 팔짱을 끼고 낮게 웃었다.

피월려가 물었다.

"내가 여기 있는지는 어떻게 알고 온 것이지?"

"낙양에서 마교인으로 추정되는 인물들이 모조리 안개처럼 사라져 버렸으니, 갑자기 나타난 한 명이 돋보일 수밖에."

피월려는 어깨를 들썩이며 밤하늘을 올려다보았다.

"그래서, 저번 일은 어떻게 됐어? 하남성 잠사가 되었나?"

무영비주는 고개를 끄덕였다.

"생각보다 용조의 설득이 쉬웠다. 내가 살막의 잠사가 되면 살막에서의 위치를 보장시켜 주겠다고 약조하니, 잠사의 죽음에 대해서 함구하겠다고 했다. 그 뒤에 살막을 장악하는 것 또한 식은 죽 먹기보다 더 쉬웠지. 내가 삼 일 전에 잠사의 머리를 들고 낙양지부에 방문했을 때 너를 볼 줄 알았는데 없어서 꽤 실망했어."

"좀 바빴거든, 그런데 그때 오간 이야기는 계획대로 잘 진행되었겠지?"

무영비주는 손을 들어 자기의 목을 가리켰다.

"제대로 진행이 되지 않았으면, 지금 내 목이 몸에 붙어 있지 않겠지. 이름이 서화능이었나? 하여간 그자가 꽤 시원시원하더라고. 천마신교와 협약을 맺는 것으로 너를 암살하려 했던 일을 모두 잊겠다고 했다."

피월려는 코웃음을 쳤다.

"기가 막히는군. 내게는 아무 소리도 하지 않았는데 말이지."

"하하하… 그런가? 역시 대단한 집단이군."

"그래서 그 뒤에, 하남성 잠사의 빈자리를 이어받은 거군."

"살막에서도 천마신교와 척을 지고 싶지 않았으니까. 살막에서 나를 새로운 잠사로 인정해 주게 된 가장 큰 원인은 천마신교와의 외교를 성공적으로 이끌었기 때문이지. 덕분에 네게도 조금 감사하고는 있어."

"그 감사함이 오랫동안 지속되었으면 한다."

"걱정하지 마. 네가 설명한 거짓말이 들통나지는 않을 것이다. 내 말만 잘 들어준다면 말이지……."

"……."

"……."

피월려의 눈빛이 매섭게 변했다. 그리고 그것을 마주 보던 무영비주의 눈빛 또한 밤하늘의 공기만큼이나 차가워졌다.

피월려가 음산한 목소리로 말했다.

"수작 부리지 마. 천마신교의 마수에서 벗어나게 해주겠다는 조건으로 내 일에 대해서 함구하겠다는 것이 네놈의 약조였다. 그 약조에, 네놈의 명령에 따른다는 조건은 없던 것으로 아는데?"

"그니까 오늘 추가하겠다는 것 아니겠나?"

"뭐라고?"

"네 말대로 살막은 천마신교와 모든 은원을 정리했다. 따라서 이것은 이미 끝난 일이지. 하지만 네놈에 관한 일을 함구하겠다는 조건은 현재에도, 그리고 미래에도 꾸준히 지켜야만 하는 조건이지. 즉, 난 내가 얻을 것은 이미 모두 얻었는데, 왜 네놈에게 내건 조건을 계속 이행해야 하지?"

피월려는 씹어 내뱉듯 중얼거렸다.

"남자 새끼가… 말을 한번 했으면……."

무영비주는 그의 말을 가차 없이 잘랐다.

"천마신교의 그 따뜻한 품속에 있다 보니, 냉혹한 무림세계를 잊은 것인가? 큭큭큭. 꼴좋군."

"빌어먹을……."

피월려는 욕설을 하는 것 말고 할 수 있는 것이 없었다. 무영비주의 말이 사실이라는 것은 잘 알고 있었기 때문이다.

그와 약조를 맺던 당시에는 너무나도 생각할 것이 많았다. 마기에 정신이 침범도 당해보고 온종일 음한 동굴에 묶여 있기도 하는 최악의 상황에서, 머리를 끊임없이 굴려 계획을 짜고 또 짜고 했던 상황이었다. 그러다 보니, 이런 허점이 있었는지는 전혀 눈치채지 못했다.

모든 일이 계획대로만 흘러가지 않는다는 것을 다시 한번 실감하며, 피월려는 한숨을 푹 내쉬었다.

"그래, 하남성의 잠사가 되신 무영비주께서 이렇듯 친히 내게 직접 오신 것을 보면, 뭔가 개인적으로 요구할 것이 있나 보군?"

"맞아."

"도대체 무슨 근거로 내가 네 말을 들을 거라 생각한 거지?"

무영비주는 한동안 말없이 그를 바라보았다. 살기도 투기도 별로 느껴지지 않는 무심한 눈빛이었다.

곧 그가 입을 열어 말했다.

"네놈은 논리적이고 냉철한 성격이니까."

"그게 다인가?"

"그렇다."

"……"

"지금 너는 배신을 당한 상황에서도 욕설을 몇 번 하는 것으로 모든 감정을 털어버리고, 다시 머릿속으로 손익계산서를 쓰고 있지. 만약 앞뒤 안 가리는 불같은 성격이었다면 절대로 찾아오지 않았을 것이야."

피월려는 어이없다 못해 웃음이 흘러나왔다.

"살막의 잠사가 되었다더니, 안목까지도 늘었군."

"칭찬은 고맙지만, 내가 네게 바라는 것은 칭찬이 아니다."

"그럼 뭐야? 빨리 본론으로 돌아가."

피월려의 짜증 어린 물음에, 무영비주의 눈빛이 반짝 빛났다.

"내가 원하는 것은 정보다."

"정보?"

"그래, 정보. 지금 낙양성에서 하오문이 제대로 활동하지 못하고 있다는 것은 잘 알겠지. 천마신교에서 하오문을 제대로 짓밟았으니까. 하오문주는 당분간 조심하자는 취지야. 그러다 보니, 우리에게 오는 정보가 너무 없다."

"그래서 내게 얻으려는 것인가?"

"그래."

"뭐 별로, 어려운 일은 아니지만… 네놈이 말하는 투를 들어보니까. 이런 일이 계속 일어날 것 같은데?"

무영비주는 능글맞은 미소를 짓고는 상체를 뒤로 빼며 거만한 자세를 취했다.

"뭐, 그럴 수도 있고."

피월려는 한쪽 입꼬리를 말았다.

"그러니까. 지금 내가 네놈의 정보원이 되어달라는 것인가?"

"내가 분명히 말했을 텐데, 천마신교의 줄 하나 있는 것이 좋을 것 같다고 말이야. 내가 말한 줄이란 바로 정보원을 말하는 것이었다."

"놀고 있네."

"전혀."

"……."

"그래서, 거부하는 건가? 뭐, 거부한다면 나는 즉시 천마신교에 네놈의 보고가 모두 거짓부렁이었다는 것을 말할 수밖에 없고."

피월려는 전신에서 살기를 폭사했다.

"네놈을 그냥 이 자리에서 죽여 버리는 것이 더 좋은 선택 같은데?"

그의 도발에도, 무영비주는 기세나 자세에 전혀 변화가 없이 차분한 목소리로 대답했다.

"여긴 나무 위야. 이런 지형에서 살수가 무림인에게 질 것 같나? 그것도 보법도 없는 놈을 상대로? 꿈 깨시지. 게다가 네놈이 만약 그럴 생각이었으면, 그런 말을 내뱉기도 전에 먼저 검을 출수했을 것이다. 아닌가?"

"……."

무영비주의 말은 정확했다. 피월려는 속으로 앓는 소리를 내며 한숨을 푹푹 내쉬었다. 그렇게 시간이 아무리 지나도, 딱히 좋은 대책이 생각나지 않았다.

그 꼴을 즐겁게 감상하던 무영비주가 어르듯 말했다.

"대신 나도 살막의 정보를 제공하지."

피월려는 순간 귀를 의심했다.

"뭐?"

"나도 살막의 정보를 제공하겠다고. 네가 내게 천마신교의 정보를 제공한다면 말이야."

무영비주의 말은 잘못 들은 것이 아니었다. 피월려는 얼굴을 잔뜩 구기며 의심스럽다는 표정을 지었다.

"그건 또 무슨 수작이야?"

"수작이라니. 호의를 무시하는 건가?"

"수작인지 호의인지, 그건 내가 판단하지. 이유를 설명해 봐. 갑자기 네가 나에게 호의를 베푸는 이유를."

무영비주는 어깨를 들썩였다.

"뭐, 난 너와 갑을 관계를 형성하고 싶지 않아. 갑갑 관계로 대등하게 있고 싶다."

"왜지?"

"말했잖아. 네놈은 냉철하고 논리적이지. 계산적인 사람은 갑갑 관계가 아니면 절대로 관계를 유지하지 않아. 내가 억지로 너와 갑을 관계를 형성하면, 네가 가만히 있지 않을 것이다. 어떤 방법을 생각해 내서라도 갑갑 관계로 되돌려 놓겠지. 그것이 불가능하다면, 나를 죽이려 할 것이고. 현재 내겐 네 견제까지 머릿속에 넣어야 할 정도의 여유가 없어."

"……."

무영비주의 말은 간단했다. 피월려와 동등한 관계를 유지할 테니까 괜히 귀찮게 굴지 말아달라는 것이다.

충분히 갑을 관계를 강요할 수 있음에도, 그것을 포기한다는 것은 그만큼 그 사람의 가치를 높게 쳐주는 것과 진배없다. 사실 그럴 만도 하다. 지금 낙양에서 무영비주만큼 피월려의 심계가 얼마나 깊은지 아는 사람이 없다. 무영비주는 피월려가 계획을 짜는 것을 가장 가까이서 본 사람이다. 그러니 그와 적으로 만나, 머리싸움을 하고 싶은 생각이 뚝 떨어지는 것이 당연하다.

그러나 피월려는 무영비주가 너무 소극적으로 나온다는 생각을 지울 수 없었다. 단지 피월려의 심계가 무서워서 싸움을 피한다니. 공포의 대상인 무영비주라는 이름이 아까울 정도였다.

물론 이유는 무영비주가 설명했다. 현재 여유가 없다고…
피월려는 물지 않을 수 없었다.

"여유가 없다는 건, 정확하게 무슨 뜻이지?"

"말 그대로야. 여유가 없다는 것이지.

태연한 목소리였지만, 피월려는 무영비주의 눈동자가 순간 흔들린 것을 놓치지 않았다.

피월려는 회심의 미소를 지었다.

"단순히 여유가 없어서, 나와의 심계를 피하고 싶다? 여유가 없다는 수준으로 표현할 일이 아닌 것 같은데?"

"……."

무영비주가 말이 없자 피월려는 속으로 쾌재를 불렀다. 오늘 처음으로 그를 몰아붙인 것이다.

피월려는 즐겁게 머리를 굴리면서, 무영비주가 여유가 없을 만한 일이 무엇일까 생각했다. 안전하게 잠사라는 자리에 오른 그가 아직도 고민이 있다면, 분명히 살막 외적인 일임이 분명했다.

그러면 답은 뻔하다.

"가문에 무슨 일이 생겼구먼? 응? 아닌가? 그렇지? 그런 거지?"

피월려의 물음에는 묘한 즐거움이 섞여 있었다. 무영비주는 혀를 내두르며 피월려의 얼굴을 꼭 한 번 쥐어박고 싶다는 생각을 했다.

"서화능이 그리 입이 싼 사람인 줄은 몰랐군. 일개 대원에게까지 다 이야기한 건가?"

"그게 무슨 말이야? 지부장이 여기서 왜 나와?"

피월려와 무영비주는 동시 눈썹을 모았다.

"지부장이 말해준 것 아닌가? 내 가문에 관한 일 말이야."

"아니야. 난 그냥 찔러본 거라고."

"어떻게?"

피월려가 거만한 표정을 지었다.

"가족끼리는 돈독하다며?"

"……."

"그 말에 그냥 한번 찔러본 거야."

"대단하군."

"대단? 하하하, 네가 이상할 정도로 쉽게 반응한 것이지. 그걸 보면 정말로 심각하다는 것 역시 더 알 수 있고."

"그건 또 왜 그렇지?"

"몸의 반응이 솔직한 것은 내 어려움을 남이 알아주기를 바라는 심리로부터 나온 행동이지. 그것은 네가 무의식적으로 타인에게 도움을 청하고 싶을 정도로 어려운 상황에 직면해 있다는 것이고."

"……."

무영비주는 말없이 고개를 숙였다. 손을 들어 입에 살포시 얹는 것이, 상당한 충격을 받은 듯했다.

피월려가 물었다.

"지부장이 언급돼서 하는 말인데, 혹 네가 요구하는 정보도 가문의 일과 관련이 있는 것인가?"

무영비주는 손을 내리며 대답했다.

"직접적으로는 아니지만… 연관이 없지는 않지."

"그래? 그럼 알고 싶은 것이 뭐지?"

무영비주는 바로 대답하지 않고, 눈을 가늘게 뜨고 피월려를 노려보았다.

지금 상황은 분명히 무영비주가 피월려를 협박하여 정보를 캐내는 상황이다. 그런데 이상하게도 마치 무영비주가 어쩔 수 없이 피월려에게 정보를 얻으려고 하는 듯한 상황으로 변모해 있었다. 피월려의 표정은 마치 불쌍한 사람에게 기부금을 주는 거상의 것과 같았다.

그러나 무영비주가 딱히 뭐라고 따질 수는 없었다. 그것은 단순히 분위기의 문제이며, 이는 주관적이니 뭐라 할 말이 없다. 분위기를 바꾸자고 호통을 칠 수는 없는 노릇 아닌가?

무영비주는 머리를 긁적이며 일단 질문을 토해냈다.

"소림파의 봉문, 그거 천마신교에서 한 것 맞지?"

피월려는 뜻밖이라는 생각을 했다. 갑자기 무영비주가 소림파의 일을 언급할 줄 예상하지 못했기 때문이다.

"소림파의 봉문? 그걸 갑자기 왜 묻지?"

무영비주는 의심하는 눈초리로 피월려의 표정을 자세히 살폈다.

"하오문은 전에 천마신교의 성음청 교주가 낙양 가까이 와 있었다는 극비 정보를 얻은 적이 있다. 출처가 불분명하고 내용이 허무맹랑해서 바로 사장되었지만, 소림파가 봉문했다는 소식을 듣고 그 정보가 기억나지 않을 수 없더군."

"그래?"

"소림파가 봉문한 이유가 천마신교 맞지?"

"잠깐, 내가 대답하기 전에. 네 확신에 찬 물음을 들으니까 네가 말한 것보다는 좀 더 확실한 이유가 있는 것 같은데? 그걸 먼저 설명해 줘. 그럼 확답을 해주지."

무영비주는 피월려가 진정으로 호락호락하지 않다고 느꼈다.

"삼 일 전, 소림파의 무승들이 낙양에 내려왔다. 그러고는 황룡환세검공을 찾으려고 모여든 무림인 때문에 진흙탕이 되어버린 이 낙양을 하루 만에 모두 잠잠하게 만들었지. 그런데 의뢰가 떨어졌다. 모두 암살하라는……"

"소림파의 무승을 말인가? 당연히 거절했겠네?"

무영비주는 고개를 돌렸다.

"그것은 외부가 아니라 상부에서 내려온 명령이었다. 특별히 쓰라며 남은 일급 살수 열 명을 전부 붙여주면서 말이지. 상부가 미치지 않고서야 소림파의 무승을 건드리겠느냐마는, 명령은 확실히 암살을 뜻하고 있었다."

"그래서? 죽였어?"

"본부의 명령을 거부할 수는 없지. 그날 밤 하나도 남기지 않고 모두 죽었다."

피월려는 감탄했다.

"살막의 살수가 그리 강했던가? 소림파의 무승을 하룻밤 사이에 모두 암살할 정도로?"

"말했잖아, 낙양에 무림인들을 모두 잠잠하게 만들었다고. 하루 온종일 내력을 펑펑 뿜어대며 소림파의 위엄을 빛냈으니 그날 밤에는 곤하기 그지없었겠지. 게다가 소림파라는 환경 상, 젊은 무승들은 암살 같은 것을 걱정할 필요도, 경계할 필요도 없었지. 그런 종합적인 이유 때문에 그들은 속수무책으로 당할 수밖에 없었다."

"그래도 그렇지, 소림파의 무승을 모두 죽이다니……."

"살막의 일급 살수는 무공 실력이 일류고수와 같거나 넘는 수준이며 이론상 절정고수까지도 암살할 수 있다. 나를 보면 알 텐데?"

피월려는 고개를 끄덕이지 않을 수 없었다. 살막의 일급살수인 무영비주는 정식으로 비무해도 이길 수 있다는 확신이 서지 않을 정도의 고수였다.

피월려가 물었다.

"그런데 천마신교에 대해서 갑자기 묻는 이유는?"

"간단해. 지금 우리는 소림파의 무승을 죽인 후환을 걱정해야 하나 말아야 하나 확신이 서질 않는다. 상부에서도 그 뒤에는 말이 없어. 우리가 단순히 버리는 패인지, 아니면 살막 상부와 천마신교가 정식으로 손을 잡고 이번 일을 벌인 것이지 그것을 알고 싶다. 그리고, 서화능 그자가 나를 밀어주겠다고 했는데, 그것도 이해가 가실 않아. 정확히 무슨 의미인지 알고 싶어."

피월려는 솔직히 대답했다.

"네게 개인적으로 한 말을 해석할 만한 재주는 없어. 그러나 소림파에 관한 일이라면 천마신교가 한 일이 맞다. 그러니 그 부분에 대해서는 걱정하지 않아도 좋다. 암살당한 소림파의 무승에 대해서 은원을 따지러 올 사람들은 이미 모두 죽었으니까."

예상은 했지만 직접 들으니 무영비주는 작은 침음을 흘리지 않을 수 없었다.

"봉문(封門)이 아니라 멸문(滅門)이었군… 그 대(大) 소림파가 말이야……."

피월려는 고개를 끄덕였다.

"소림파는 중원에서 사라졌다. 사람도 비급도… 남은 건 겉모양뿐이지."

"그렇군… 멸문이라… 역시 천마신교인가. 그럼 더는 걱정할 필요 없겠어."

무영비주는 한동안 침묵을 지켰다. 이 엄청난 소식을 듣고 머릿속의 생각을 모두 수정하는 듯했다. 피월려는 차분히 그를 기다려 주었고, 반각 정도가 흐르고 나서 생각을 모두 정리한 무영비주가 침묵을 깼다.

"피월려, 혹시 내게 묻고 싶은 것이 있는가?"

피월려는 눈을 동그랗게 떴다.

"설마 아까 말한 갑갑 관계니 뭐니 하는 소리가 정말로 한 말이야?"

"그럼 농담인 줄 알았나?"

"아니… 뭐……."

"쓸데없는 소리 말고. 용무가 없으면 나는 이만 가보겠다."

피월려는 급하게 생각하려 했지만 딱히 절묘한 질문이 생각나지는 않았다. 그 대신 전부터 묻고 싶은 것을 물었다.

"흠. 다른 건 됐고. 그 용조라는 자와의 만남을 주선해 줄 수 있을까?"

"용조? 그자는 정말로 걱정할 것 없다. 네 일에 대해서 함구할 것이니 직접적으로 만나 확인하는 건 불필요한 일이지."

무영비주는 피월려가 그를 믿지 못해서 직접 확인하려고 용조를 만나려 한다고 생각했다. 그러나 피월려는 손을 내저으며 그런 것이 아니라고 해명했다.

"아… 그것 때문만은 아니야. 뭔가 물어볼 일이 있어서."

"물어볼 일? 뭐지?"

"하여간. 주선해 줄 거야, 말 거야?"

무영비주는 의미심장한 미소를 지었다.

"해줄 수야 있지. 그런데 용무가 무엇인지는 나도 알아야겠다."

"그때 같이 나오든가."

"그럼 곧 연락하겠다. 그런데 한 가지 더."

"왜 또?"

무영비주는 나뭇가지에서 도약하려다 말고 몸을 돌렸다.

"여기 왜 있던 거야? 설마 나를 기다리고 있었던 건 아니
지?"

무영비주의 표정은 진심이었다. 피월려는 그의 진지한 어조
에 웃음을 참지 못했다.

"큭큭큭. 무슨 나를 괴물 취급하는군. 네가 여기에 올 줄
내가 무슨 수로 알았겠어?"

"그럼 왜 여기 있던 것이지?"

"남자가 밤을 기다리는 이유는 뻔한 거 아닌가? 이번 일로
돈도 벌었겠다. 좀 거하게 즐기려고 그러지."

"어이가 없군. 굳이 밤을 이런 나뭇가지 위에서 기다려야 했
나?"

피월려는 손으로 주위를 훑으면서 숨을 들이마셨다.

"후, 하. 그냥 자리가 좋더군……."

"그뿐인가?"

낙양지부의 마인들이 모두 숨죽이고 있으며 자기 또한 최
대한 은밀히 행동해야 한다는 말을 굳이 할 필요는 없다.

"어."

단답형 대답에 무영비주는 코웃음을 치며 아래로 떨어지듯 도약했다. 그러면서 마지막 말을 남겼다.

"다음에 보지."

그가 사라진 자리를 밤바람이 대신했다.

피월려는 찌뿌드드한 몸을 이리저리 펴며 뜻밖의 만남에 대한 생각을 정리했다.

제삼십이장(第三十二章)

낙양의 음지는 해가 진 밤임에도 전과 확연히 비교될 정도로 사람이 적었다. 기루 밖에서 손님을 낚으려는 흔한 기녀도 보이질 않았고, 한적한 거리에 누워서 동냥질하는 거지조차 없었다.

　아무리 날씨가 쌀쌀해지고 있다고 하지만 언제부터 남자들이 여자와 술을 찾는 데 날씨를 논했단 말인가? 그것은 날씨와는 무관한 본능적인 것이다.

　함박눈이 내리는 한겨울 밤이라고 할지라도 낙양의 음지는 항상 사람들로 붐비는 곳이다. 그러나 지금은 눈을 씻고 찾아

봐도 사람의 그림자 하나 찾기 어려우니 참으로 이상한 일이 아닐 수 없었다.

피월려는 확실히 소림파의 무승이 가진 영향력은 대단하다고 느꼈다. 무영비주의 말을 빌리면, 그들이 하루 만에 낙양을 잠잠하게 만들었다고 했다.

황제의 지엄한 위엄을 등 뒤에 업은 낙양의 태수조차도 두려워하지 않던 무림인들은 소림파의 이름 앞에서는 모두 쩔쩔매며 낙양을 떠났다. 그러니 그 여파가 삼 일이 지난 지금까지도 남아 있던 것이다.

그런 소림파가 멸문했다는 것을 알게 되면 얼마나 세상이 뒤집어질까? 피월려는 상상조차 하기 싫었다.

그는 텅 빈 거리 위에서 서서히 발걸음을 옮겼다. 그렇게 꽤 오랫동안 기루를 찾아 돌아다녔으나, 단 한 곳을 제외하고는 모두 문을 닫았다.

낙양의 상징이자 하남성의 자랑인 낙화루만이 소림파의 영향이 지배하는 지금 상황에 전혀 휩쓸리지 않는 도도한 자태를 뽐내고 있었다.

거대한 전각 곳곳에 배치된 찬란한 색의 등불과 창문을 통해서 흘러나오는 각종 악기 소리는 마치 무슨 일이 있었느냐는 듯이 전과 다를 바가 없는 모습이었다.

피월려는 결국 낙화루 앞에 올 수밖에 없었다. 이런 화려한

곳에는 오고 싶지 않았지만, 유일하게 연 곳이 이곳뿐이니 그도 어쩔 수 없었다. 그는 한숨을 내쉬고는 곧 안으로 들어가려 했다.

문 앞에 선 두 거한은 피월려가 들어오는 것을 보았다. 그러나 그들은 곧 고개를 돌려 못 본 체했다. 피월려는 그들이 암묵적으로 그가 들어오는 것을 허락했다는 것을 알 수 있었다.

피월려는 평생 딱 한 번 낙화루에 왔었다. 나지오와 함께 와서 대주들을 비롯해 일대원들과 재미없는 식사 시간을 가졌었다. 거한들은 그때 본 피월려의 얼굴을 기억하는 듯했다.

그는 그렇게 아무런 제지도 받지 않고, 낙화루 안에 들어섰다.

가을밤의 차가운 공기를 후끈한 공기가 대신했다. 아름다운 기녀의 모습은 볼썽사나운 손님들의 모습에 가려졌다. 향기로운 분향은 지독한 술 냄새에 찌들었다. 아름다운 음악 소리는 시끌벅적한 소리에 묻혔다. 소림파의 위엄조차도 낙화루 안까지는 미치지 못했다.

피월려는 눈과 귀와 코를 틀어막고 싶어졌다.

"어떻게 오셨습니까?"

어느 기루에서도 최고로 대접받을 수 있을 만한 미모를 갖춘 한 기녀가 피월려에게 다가와 물었다. 그러나 그는 그 아름다움을 보지도 않고, 중얼거리듯 대답했다.

"전망 좋고, 냄새 좋고, 시끄럽지 않은 데로."

"……."

기녀는 순간, 할 말을 잊어버렸다. 전망이 좋다는 것은 가장 위쪽 전각을 원하는 것이고, 시끄럽지 않은 곳은 독방을 쓰겠다는 것인데, 이는 낙화루에서도 가장 비싼 특실이었기 때문이다.

게다가 피월려는 같이 있을 기녀에 대해서는 단 한 마디도 언급하지 않았다.

누군가를 지명한다거나 혹은 취향을 말하는 것이 일반인 데, 다짜고짜 방의 특징만 말하다니 낙화루가 객잔이라고 착각하는 사람처럼 보였다.

기녀가 말이 없자, 피월려가 신경질적으로 말했다.

"왜?"

"저, 손님. 손님이 원하는 곳은 하룻밤에만 금 한 냥입니다. 게다가 기녀를 부르시려거든 따로……."

피월려는 귀찮다는 듯이 품에서 금 한 냥을 꺼내 그 기녀에 게 던지듯 주었다.

"방이 어디야?"

금 한 냥을 받아든 기녀의 눈빛이 번쩍거렸다. 요즘 통 이 런저런 잔챙이들만 오더니 간만에 큰 손님이 온 것이다.

"이쪽으로 오시지요."

기녀는 최대한 공손히 말하면서 앞서 걸었다. 피월려는 머리가 어지러울 정도로 진절머리가 나는 1층에서 빠져나가고 싶어서 서둘러 그 기녀의 뒤를 따랐다.

기녀는 쉬지 않고 계단을 올라가기 시작했다. 피월려는 그 뒤를 쫓아가며 한 층, 한 층 살폈는데, 위로 올라가면 올라갈수록 악취와 소음은 줄어들었고, 사람들의 행색과 기녀의 미모도 고급스러워졌다.

그렇게 오 층에 도착하니 오로지 기나긴 복도만이 보일 뿐이었다. 마치 천마신교 낙양지부의 복도를 연상케 했는데, 한 가지 다른 점이 있다면 벽 너머로 이곳저곳에서 신음이나 웃음소리가 매우 작게 들린다는 점이었다.

독방을 쓰는 거부들이 기녀들을 끼고 한바탕 놀음판을 벌이는 것 같았다.

으슥한 복도의 분위기와 야릇한 소리에 피월려는 마음이 점차 진정되는 것을 느꼈다.

뭇 남성들은 이런 곳에 있는 것만으로도 몸이 달아오르겠지만, 피월려는 정반대로 이런 환경이 너무나도 편안했다. 참으로 오랜만에 느껴보는 안정감이 그의 마음을 부드럽게 감싸 안았다.

"이쪽으로 오세요."

기녀가 문을 연 곳은 월루와는 비교도 할 수 없을 만큼 호화찬란했다.

다른 것은 몰라도 침상 하나는 정말 황제가 쓰는 것만큼이나 좋아 보였다. 게다가 침상에 누워 정면을 바라보면, 낙하강의 절경이 눈앞에 환하게 펼쳐졌다. 그 값비싼 유리를 큰 벽을 만드는 데 사용한 것이다. 가히 하룻밤에 금 한 냥이 아깝지 않은 방이었다.

침대로 다가가 몸을 누인 피월려는 벌써부터 몸이 노곤해지는 것 같았다.

마치 따뜻한 물에 몸을 담그는 것과 비슷한 느낌이었다. 그는 푹신한 솜 같은 이불에 얼굴을 파묻었다.

기녀는 그런 그를 지켜보며 상당한 괴짜라고 생각했다. 낙화루에 와서 여자나 술은 하나도 주문하지 않고 방에만 관심이 있는 사람은 지금까지 아무도 없었기 때문이다.

그래도 혹시나 하는 마음에 물었다.

"혹시 원하시는 기녀가 계신가요?"

피월려는 고개를 들고 그 기녀를 돌아보았다.

"기녀? 흠……."

피월려는 또 말이 없었다.

기녀는 기다리다 못해 다시 물었다.

"혹시 지명하시는 분이 계신지……."

피월려가 갑자기 그녀의 말을 끊었다.

"낙양사화! 여기 낙양사화 있다며? 한 명당 금 한 냥으로 알고 있는데? 나 금 넉 냥은 있으니까. 다 데려와."

기녀는 어이가 없었다.

"금 넉 냥이 더 있으시다고요?"

"어."

"……."

"왜, 더 내야 해?"

"아니, 그것은 아닙니다만. 낙양사화분들은 지금까지 단 한 번도 한 남자에게 같이 불리신 적이 없어요."

"왜?"

"미녀의 자존심이랄까요?"

"뭐야… 그러면 넷 중 아무나 불러."

"그것도 불가능해요."

"왜 또?"

"그녀들은 자기가 원하는 손님이 아니면 억만금을 준다 해도 같이 자리하지 않아요. 확실히 하룻밤에 금 한 냥이긴 하지만, 그것도 그녀들이 허락했을 때예요."

"거 콧대 한번 높네."

"……."

"그럼 그냥 노래 잘하는 애로 불러."

"네? 정말로 아무나 괜찮으세요?"

"아무나는 아니고, 노래 잘하는 애로 말이야. 난 지금 망후조의 취월가가 듣고 싶어."

피월려의 말에 그 기녀는 살짝 아미를 찌푸렸다. 망후조의 취월가는 웬만큼 노련한 솜씨가 없는 한, 부를 수조차 없는 어려운 곡이다.

노래도 노래지만 금(琴)까지도 고도의 실력을 요구하기 때문에 희대의 명기가 아니면 시도조차 불가능했다.

하지만, 낙화루가 어떤 곳인가? 낙화루에는 망후조의 취월가를 부를 수 있을 만큼 노련한 노래 솜씨와 금 솜씨를 가진 기녀가 분명히 있었다.

다만, 한 가지 문제가 있었다.

"낙화루에서도 그것을 부를 수 있는 기녀는 둘밖에 없어요. 아쉽게도 둘 다 낙양사화예요."

피월려는 다시 고개를 이불에 파묻었다.

"골치 아프군. 가서 한번 말이라도 꺼내봐."

기녀는 이대로 피월려를 잡지 않으면 그대로 나가 버릴 것 같다는 것을 눈치채고는, 최대한 상냥하게 말했다.

"알았어요. 큰 기대는 하지 마세요."

피월려는 손만 들어 휘적거렸고, 기녀는 곧 밖으로 나갔다.

피월려는 그 큰 방 안에 홀로 남아 조금도 움직이지 않았다. 숨소리조차도 내지 않았다. 그러자 방 안은 다시금 완전한 고요함으로 물들었다. 어떠한 소리도 들리지 않는 무음의 세계. 피월려는 그것이 좋았다.

하지만, 그 세계는 조금도 유지되지 못했다. 옅은 물에서 고기를 잡지 못한 뱃사공이 점점 깊은 물에 그물을 던지는 것처럼, 아무 소리도 감지하지 못한 그의 청각이 점차 소리의 경계를 낮추었기 때문이다. 그러다가 벽을 타고 온 다른 방의 잡음이 한껏 예민해진 귓가에 들리기 시작했다.

웃음소리, 신음 소리. 흔한 기루의 소리였다. 피월려는 그것도 무음만큼이나 좋았다. 누구에게는 불쾌한 소리고 누구에는 자극적인 소리지만 피월려에게는 이것만큼 편안한 소리가 없었다.

편안함이 몰려오고 졸음이 서서히 쏟아진다. 눈꺼풀은 극양혈마공의 내력으로도 들 수 없을 만큼 무거워졌고, 정신은 용안심공의 위력으로 잡을 수 없을 만큼 아늑해져 갔다.

스르륵.

피월려는 방문이 열렸다는 것을 감지했다. 그러나 곧 그 사실을 무시했다. 그냥 이대로 잠을 청해 버리고 싶다는 생각이 굴뚝같았다.

명주고 명기고 뭐고 간에, 이 휴식을 포기하고 싶지 않았다. 포기하기에는 너무 오랜만이었다.

"호호호. 역시 특이하시네요. 콧대 높은 낙양사화를 불러놓고 버젓이 주무세요?"

그 목소리는 멀리서 들렸음에도 양 귓가를 간지럽게 했다. 같은 여자가 들어도 마음이 설렐 것이다. 피월려는 은쟁반에 옥구슬이 굴러간다는 비유를 실감했다.

그런데 이상하다. 왠지 모르게 익숙한 목소리다.

피월려는 발작하듯 그 침상에서 일어나며 경악했다.

"서… 서 소저?"

"호호호."

한 손에는 금을, 한 손에는 곰방대를 들고 있던 서린지는 매력적인 미소를 살포시 지으며 방 안으로 들어왔다. 피월려는 바보처럼 어벙한 표정으로 그녀가 창가까지 걸어가는 것을 보고만 있었다.

서린지는 아랑곳하지 않고 유리창 옆에 난 작은 나무틀을 옆으로 밀었다. 그러자 차가운 밤공기가 그 작은 구멍을 통해 방 안으로 헤집고 들어왔고, 서린지는 앞머리를 뒤로 넘기면서 차가운 공기에 얼굴을 가차 없이 비볐다.

피월려는 낙양사화는 하늘에서 내려온 선녀라는 말을 믿지 않을 수 없었다.

바람결에 휘날리는 그녀의 머리카락조차 지금 막 구름을 타고 하늘에서 강림한 선녀의 것이 아니라면 설명할 수 없는 아름다움이 담겨 있었다.

찬 공기는 곧 피월려에게도 도착했다. 피월려는 정신을 차리고는 물었다.

"서 소저? 여, 여긴 어쩐 일이오?"

탁!

서린지는 작은 창문을 닫았다. 그러고는 입에 곰방대를 물었다. 빠르게 타들어 가는 잎은 연기가 되어 그녀의 입에서 뿜어졌다.

"낙화루에서 망후조의 취월가를 부를 수 있는 사람은 단 두 명이에요. 그중에 한 명이 바로 저고요."

피월려는 양손을 내저으며 물었다.

"아, 아니 그게 아니라, 애초에 왜 서 소저께서 낙화루에 계셨느냐는 말이오."

"아, 그거요?"

서린지는 대답하지 않고 다시 곰방대를 입에 물었다. 피월려는 자기도 모르게 침을 꿀떡 삼켰다.

서린지는 그 모습을 보고 피식 웃으며 회색 연기를 일(一)자로 쭉 뱉었다.

"낙양에 지부가 설립되고 나서부터 제가 지금까지 맡은 임무는 단 하나예요. 낙화루에서 일하면서 낙양의 음지의 동태를 살피는 일이죠. 전 낙양사화 중 수화로 불리고 있어요."

피월려는 그 말을 듣고도 믿을 수 없었다. 낙양사화란 낙화루에서 가장 유명한 네 명의 기녀일 텐데, 천마신교의 지마급 고수인 그녀가 그중 하나라니……

"그 말이 정말 사실이오?"

"네."

간결한 대답이었다. 그녀의 눈빛에서나 표정에서나 한 줌의 거짓도 엿보이지 않았다.

피월려는 머리를 긁적이며 생각을 정리하려 했다. 하지만 어디서부터 정리해야 할지 감조차 잡지 못했고, 오히려 생각을 하면 할수록 더 혼란만 가중되는 듯했다.

그런 그의 모습을 보며 서린지가 말했다.

"궁금하면 여쭤보세요. 같은 일대원으로 특별히 대답해 드리죠."

그녀의 말에 피월려는 생각을 잠시 멈췄다. 그리고 머릿속에 가득한 의문 중 가장 먼저 든 질문을 했다.

"천 공자는… 이 사실을 알고 있소?"

"호호호. 그걸 물을 줄 알았어요. 대답을 하자면… 네, 알고 있어요."

"정말이오? 그렇다면……"

"아아… 잠시요. 이번엔 내 차례예요."

서린지는 손을 들어 피월려를 제지했고, 피월려는 질문을 삼킬 수밖에 없었다.

"알았소. 물으시오."

피월려의 말이 떨어지기 무섭게 서린지의 아미가 넓게 풀어졌다.

"설린이는 지금 피 대원이 낙화루에 있는지 아나요?"

"……."

"대답을 하지 않으셔도 좋아요. 어차피 직접 물어보면……."

"모르오."

"역시, 모르겠죠? 흠… 함구해 드려요?"

"……."

피월려는 부끄러운 마음이 들어 고개를 돌려 버렸다. 그러나 서린지는 그를 지그시 바라보았다.

그녀가 말했다.

"다행이네요."

"무엇이 말이오?"

"그나마 머저리에서 쓰레기가 되는 것을 면했으니까요. 만약 함구해 달라 부탁했으면 전 이 자리를 박차고 나갔을 거예요."

"……."

"변명의 기회는 드릴게요."

"변명?"

얼굴을 찌푸리며 되물은 피월려는 순간 마음속에서 뭔가 찌릿한 느낌을 받았다. 어딘가 상처를 입은 것인데, 그것이 양심인지 자존심인지는 알 수 없었다.

서린지는 고개를 끄덕이며 그 오묘한 눈빛을 한층 더 깊게 빛냈다.

"인간의 미를 뛰어넘은 천음지체의 조강지처를 버려두고, 이런 기루에 발걸음을 하신 이유가 뭐죠? 설린이가 너무 불쌍하네요. 이런 남자가 낭군이라니… 정말이지, 여자로서 너무 궁금해요. 왜 남자들은 하나같이 조강지처를 버려두고 바람을 피울까요?"

피월려는 서린지의 말투에서 묘한 것을 느꼈다. 그녀는 마치 그를 추궁하듯 물었지만, 그 대상이 다른 사람인 것처럼 표현한 것이다.

피월려는 설마하는 생각에 나지막하게 물었다.

"그거… 천 공자 이야기이오?"

"휘 랑과는 연인 사이예요. 혼례는 올리지 않았으니 제가 휘 랑의 조강지처는 아니지요. 하지만, 피 대원과 같은 남자들을 보면 혼례에 대해서 다시 생각하게 되는 건 어쩔 수 없군요."

"……."

"하여간 질문에 대답하세요. 혼인을 앞둔 여자로서 꼭 들어야겠어요."

"대답이야 하겠소. 그러나 이번에는 내가 질문할 차례이오."

"호호호. 좋아요. 먼저 하세요."

"천 공자는 소저가 기녀의 일을 하는 것을 알면서도 묵인하는 이유가 무엇이오?"

"말했잖아요. 이것은 임무예요. 제가 이 임무를 행하고 불행하고는 그의 손에 있는 일이 아니에요."

"그렇다고는 하나 자기의 연인이 몸을 파는 것을 가만히 허락할 남자는 없소."

서린지는 곰방대를 입에서 뗐다.

"누가 언제 몸을 팔았다는 것이죠?"

"그럼 아니란 말이오?"

피월려의 물음에 서린지는 입을 살짝 벌리고는 뭔가 깨달았다는 시늉을 했다.

"아! 피 대원은 제가 누구의 제자인지 모르시죠?"

"갑자기 여기서 소저의 스승님이 무슨 상관이오?"

"당연히 상관있죠. 제 스승님은 성음청 교주님이시니까요. 스승님께서 제게 하사한 무공이 바로 색살살소예요."

피월려는 서린지의 말이 끝나기도 전에 머릿속이 맑아지는 것을 느꼈다. 그녀의 말을 토대로 막혔던 추리가 뻥 뚫렸기 때문이다. 그 때문인지, 그녀가 교주의 제자라는 엄청난 사실을 듣고도 그리 놀람을 표현하지 못했다.

"색살살소라면… 여인의 미모를 극대화시켜 상대의 흑심과 성욕을 자극하는 희대의 마공이 아니오. 혹 그것이 환각까지도 일으킬 수 있소?"

피월려는 교주의 색살살소에 당한 기억을 어렴풋이 떠올리며 물었다. 그때 교주는 지금까지 알고 지냈던 모든 여인의 장점만을 고루 갖춘 선녀처럼 보였었다. 그것은 일종의 환각이라 해도 과언이 아니었다.

피월려의 예상이 맞는지 서린지가 긍정했다.

"맞아요. 색살살소는 역혈지체를 이루지 못한 사람에게는 환상을 보여줄 정도로 막강한 위력을 발휘할 수 있어요. 피 대원도 역혈지체를 이루기 전에는 제게 마음이 동하셨잖아요?"

피월려는 고개를 몇 번이나 끄덕이며 동조했다.

"아… 그래서… 확실히 그랬소. 내가 서 소저를 처음 봤을 때는 이상할 정도로 마음이 가벼워졌었소……."

"저는 손님 앞에서 색살살소를 펼치기만 해요. 실제로 몸을 섞거나 하는 일은 없죠. 휘 랑도 그것을 알기에 아무런 말도 하시지 않으신 것이고요. 대답이 됐나요?"

"되었소."

"그럼 이젠, 피 대원께서 제 물음에 답해주세요. 남자는 왜 그렇게 멍청하고, 머저리고, 더럽고, 치사하고, 간사하고, 비열한 것이죠?"

차분하고 고운 목소리가 담았다고는 믿을 수 없는 의미의 질문이었다. 피월려는 순간 이마에서 난 식은땀을 훔치며 말했다.

"질문이 상당히 왜곡되었소만……."

"글쎄요? 전 별로 왜곡하지 않았어요."

"……."

"대답해 주세요."

피월려는 머리를 긁적이며 생각했지만 마땅한 대답이 나오지 않았다.

"그냥… 그런 것이오."

허무하기 짝이 없는 대답에 서린지의 눈이 반쯤 감겼다.

"끝이에요?"

"뭐, 그렇소."

"정말이지……."

서린지는 다부진 입술을 살포시 깨물면서 여우처럼 피월려를 노려보았다. 피월려는 애써 그 시선을 피하면서 머리를 계속 긁적였다.

"그런데… 왜 서 소저께서 화가 난 것이오?"

서린지는 기가 막힌다는 듯이 말했다.

"지금 그걸 말이라고 하세요?"

"사실… 진심이오. 서 소저는 왜 화가 나신 것이오?"

피월려의 얼굴에는 여전히 어색한 미소가 그려져 있었다. 그러나 그의 눈빛은 전혀 흔들림이 없었다. 그의 눈동자는 자기의 죄를 깨달은 사람이 절대 가질 수 없는 어떤 믿음이 있었다.

그것을 본 순간 서린지의 표정이 굳었다. 그녀는 찬물로 온몸을 뒤집어쓴 것 같은 느낌을 받았다.

"다, 당연히 서, 설린이는 제가 아끼는 동생이고… 같은 대원이고 또… 또한, 같은 여자로서……."

서린지는 말을 하면서, 왜 자기가 혀가 굳었는지 알지 못했고, 애써 그 사실을 부정했다. 그리고 또한 한편으로는 그런 자신이 미워졌다.

피월려는 점점 기어들어 가는 듯한 그녀의 말을 끊었다.

"혹시 천 공자가……."

이번에는 서린지가 피월려의 말을 끊었다.

"닥쳐요."

"……."

부드러운 눈길과 표독스러운 눈길이 서로 마주 보았다. 그러나 먼저 회피한 것은 표독스러운 눈이었다.

"함부로… 여인의 마음을 떠보지 마세요."

들릴 듯 말 듯한 목소리가 애처롭게까지 들렸다.

"미안하오. 내가 주제넘었소."

"……."

서린지는 아무런 대답도 하지 않았다. 피월려는 다시 말했다.

"진심으로 사과하오."

그러자 갑자기 서린지가 얼굴을 홱 돌리며 피월려를 보며 날카롭게 물었다.

"뭐가 말이죠? 뭐가 미안하다는 것이고 뭐를 사과한다는 것이죠?"

"그야 물론……."

"하긴, 당연히 미안하고 사과해야겠죠. 설린이가 얼마나 마음고생이 심하겠어요?"

"……."

"설린이의 상처 어린 마음을 생각하면 피 대원께서는 단순히 미안해하는 것으로 끝내서는 안 돼요. 그리고 보니까, 저번에도 기루에 가셨죠? 설린이가 그러던데……."

피월려는 잠시 침묵했다.

서린지는 사과조차 거부했다. 그리고 대화를 어설프게 넘기고 있다. 그 정도로 자존심에 상처를 받은 것이다. 그러나 피월려로서는 그녀의 장단에 맞춰줄 이유가 없다. 다시 생각하면, 그는 서린지에게 굳이 멋있는 남자일 필요가 없다.

지금까지 그래 왔던 것처럼, 철저하게 무림인으로 대하면 그만이다.

피월려는 입을 열어 물었다.

"천 공자가 외도했소?"

심장을 찌르는 듯한 직설적 화법에, 서린지는 의외로 침착했다.

"마지막 남은 마음마저 깨부수는군요!"

피월려의 눈빛은 차가웠다.

"일전에 그대가 내게 말한 것처럼, 나는 나 자신의 생존을 위해서 힘없는 낙양제일미의 심장에도 칼을 꽂는… 무림인 중의 무림인이오. 그 사람이 어디 가겠소? 나에게서 여인에 대한 배려를 기대하지 마시오."

"……"

"이상할 정도로 많이 화가 난 것은 그 때문이군. 내 모습에 천 공자를 투영한 것이었소. 나는 그것도 모르고 혹시 내게 마음이 남아 있어 질투한 것이 아닌가, 살포시 기대……."

"그런 일은 절대로 없을 것이에요."

"나도 그렇게 생각하오."

"머저리라고 한 것 취소할게요. 당신은 쓰레기예요."

"왜 그렇소? 여인에 대한 배려가 부족하기 때문이오? 단순히 그런 이유로 쓰레기라 불릴 이유는 없소."

"아니요. 당신이 쓰레기인 이유는 그것뿐만 아니라 그 뻔뻔한 얼굴로 자기의 여인을 두고 이런 기루에 와서 다른 여인과……."

"그럼 천서휘도 쓰레기군."

서린지는 도약했다.

피월려는 눈에 보이지 않을 속도로 등에 걸린 역화검을 뽑아 들며 발검했다.

오른쪽 어깨 위로 양손을 뻗어 손잡이를 잡아 앞으로 일도양단하듯 휘두르는 그 발검에는 광소지천 지명무의 발검술이 녹아 있었다.

퉁!

가공할 마공의 힘과 놀라운 발검의 속도를 동시에 지닌 역화검이 얇고 곱기 그지없는 여인의 손가락에 의해서 맥없이 퉁겨졌다.

피월려는 그 괴력을 양손으로도 가눌 수 없어서, 역화검이 퉁겨지는 방향으로 몸을 따라 움직일 수밖에 없었다.

쉬이익!

귀엽게까지 느껴지는 작은 손이 쏜살같이 움직이며, 그 위에 걸친 옷깃이 바람에 쓸려 비명을 질렀다. 피월려는 그 작은 주먹에 담긴 가공할 내력을 본능적으로 느끼면서 등에 식은땀이 절로 흐르는 것 같았다.

그는 바닥에 몇 바퀴를 구르며 자세를 다잡고 벌떡 일어나며 역화검을 앞으로 뻗었다. 그곳에는 궁장 차림의 선녀가 믿을 수 없는 속도로 날아오고 있었다.

챙!

피월려는 청각에 이상이 생긴 줄 알았다. 챙이라니? 이것이 손날과 검날이 맞부딪쳤을 때의 소리란 말인가? 그러나 그는 다시금 들려오는 소리에 이 현실을 믿지 않을 수 없었다.

챙!

절대로 저건 손이 아니다.

그냥 검이다.

챙! 챙! 챙!

피월려는 용안심공을 극한으로 끌어 올려 전력으로 검을 휘둘렀다. 조금이라도 보이는 모든 허점을 하나도 놓치지 않고 검을 쑤셔 넣었다. 그러나 그때마다 들리는 것은 그 믿을 수 없는 소리뿐이었다. 서린지는 그녀의 양손을 쭉 펴고 무슨 무기라도 되는 듯이 마구잡이로 던지며 피월려의 공세를 모두 막아내었다.

서린지가 용안과 같은 신공이 있거나 심즉동과 같은 경지에 이른 것은 아니다. 그녀가 피월려와 속도전에서 호각을 이룰 수 있는 이유는 단순한 숫자의 공식 때문이다. 그녀는 역화검이 만드는 하나의 흐름을 양손이 만드는 두 개의 흐름으로 상대하며 비교적 부족한 쾌를 간단하게 메웠다.

양손과 검에 담긴 내력의 양도 엇비슷했다. 긴박한 접근전에서는 내력을 많이 주입할 수 있을 정도의 시간을 전혀 만들어낼 수 없었고, 서로 충돌하며 조금씩 새어나가는 내력을 다시 채워 넣는 것이 할 수 있는 전부였다.

단 하나 차이가 있다면 환인데, 그 또한 근본적으로는 차이가 없었다. 서린지의 수공에 담긴 환은 피월려의 용안심공에 의해서 모두 상쇄되었고 피월려는 애초에 환을 검술에 담아내지 않았다. 보법이 없는 그는 환검에 대해서는 완전히 무지했기 때문이다.

모든 것이 엇비슷했다. 그러니 자연스럽게 지구전에 돌입하게 되었는데, 내력이 먼저 고갈되는 쪽은 당연히 피월려였다. 내공을 익힌 지 이제 막 한 달밖에 되지 않았고, 그나마 마단에서 얻는 이십 년이 전부였다.

어릴 때부터 차곡차곡 쌓아온 서린지의 내력은 피월려가 감당할 수 있는 양이 아니었다.

이대로라면 필패다. 아니, 분노에 눈이 먼 서린지에게 죽임을 당할 수도 있다.

그러나 이대로 당할 피월려가 아니다. 이 둘 사이에는 절대로 간과할 수 없는 차이점이 있었으니 바로 경험의 차이였다.

피월려는 이런 식의 기습이나 생사혈전을 수도 없이 겪었고, 이런 상황을 극복하는 방법도 충분히 생각해 낼 수 있었다.

피월려는 역화검의 내력을 갑자기 폭주시켰다. 근본이 마기라 그런지 폭주시키는 것이 생각보다 매우 쉬웠고, 주인을 잃은 내력은 역화검을 공중에서 춤추게 만들었다.

마치 갓 잡아 올린 생선처럼 파닥파닥거리는 검을 보며 서린지는 당황할 수밖에 없었다. 양손으로 이리저리 방어해 보았지만, 중심을 잃은 역화검은 요리조리 미친 듯이 돌아가기만 했다.

서린지는 피월려가 이런 과감한 수법을 썼다는 것을 믿을 수 없었다. 이대로라면 자기도 위협을 당할 가능성이 컸고, 수공이 없는 그가 그 위협을 감당하기는 어려웠다. 그리고 또한 검의 수명이 대폭 줄어들거나 완전히 깨어질 가능성이 매우 컸다.

그녀는 하는 수 없이 양손을 모아 장력을 발사하여 검을 피월려 쪽으로 밀어내면서 뒤쪽으로 보법을 펼쳤다.

그리고 그녀는 보았다. 아래에서 쑥 하니 올라오는 한 그림자를.

덥석!

그림자처럼 뻗어진 포악한 피월려의 손길이 서린지의 양 손목을 한 번에 붙잡았다. 그러고는 한층 더 포악한 마기가 그

손목을 통해서 강제로 주입되고 있었다.

서린지는 서둘러 자기의 내력을 동원하여 그 마기의 침입을 막았다. 하지만, 손목의 경맥에 내상을 입은 것은 어쩔 수 없었다.

쿵!

서린지의 머리 위로 양 손목을 잡은 피월려의 오른손이 거칠게 벽면에 부딪혔다.

서린지는 수공을 펼치려고 내력을 주입했으나 손상된 경맥은 제대로 된 내력을 담아내지 못했다.

그녀는 이리저리 몸을 비비 꼬면서 피월려의 손길에서 벗어나려 했지만, 이상하게도 그녀는 피월려의 그물에서 빠져나갈 수 없었다.

참으로 이상했다. 구속하는 것은 양 손목을 잡은 손 하나일 뿐인데.

피월려는 거친 호흡을 내뱉으며 말했다.

"더 할까?"

"……."

서린지는 피월려의 몸에서 풍기는 고약한 땀 냄새에 얼굴을 찡그렸다.

더러운 냄새다.

팅! 탱탱탱…….

요란하게 진동하던 역화검이 바닥에 떨어지며 소음을 내었다. 그러나 한밤의 고요함을 이길 순 없었는지 곧 침묵이 다시 찾아들었다.

서린지가 말했다.

"놔줘요."

피월려는 비웃었다.

"큭큭큭."

방 안 그림자에 가려진 그의 얼굴은 보이지 않았다. 서린지가 볼 수 있는 것은 오로지 반쯤 찢어진 그의 눈이었다.

"웃지 말고 놔요. 어서."

"좋아. 그 대신 한 가지 질문에 대답해 준다면 놓아주지."

"그것이 무엇이죠?"

"넌 지금까지 얼마나 많은 사람을 죽였지?"

서린지는 갑자기 생뚱맞은 소리에 눈이 동그랗게 변했다.

"갑자기 그게 무슨 해괴한 소리죠?"

"질문에 대답해. 그러면 놔주지."

"몰라요. 열 명은 되겠죠."

칠흑 같은 어둠 속에서 피월려의 두 눈이 손톱처럼 변했다.

그 눈에는 살의도 살기도 없었지만, 서린지는 생전 처음 느껴보는 공포를 맛봤다.

피월려는 조심스럽게 그녀의 손목을 놓아주었다. 그러고는 아무런 일도 없었다는 듯이 침상으로 걸어갔다.

그의 뒷모습을 빤히 보던 서린지는 저린 손목을 비벼가면서 내력으로 손상된 경맥을 손보았다. 다행히 피월려의 점혈 수법이 형편없어, 몇 번 내력을 흘려보내는 것으로 완치할 수 있었다.

침상 앞에 선 피월려는 팔을 넓게 돌리면서 말했다.

"전에 린 매가 말하기를, 서 소저께서 일하러 가는 것을 따라 나왔었다고 했었는데… 그러고 보니 그때 말한 서 소저의 일이 바로 이것을 말하는 것이었구려."

서린지는 갑자기 다른 말을 하는 피월려의 등을 물끄러미 바라보았다. 게다가 다시 존댓말을 사용한다. 그녀는 이상함을 느끼면서도 일단 되물었다.

"언제를 말씀하시는 건가요?"

"황룡검주가 죽은 그다음 날이었소. 내가 기루에 있었는데, 갑자기 찾아와 놓고는 하는 말이 서 소저를 따라 나왔다고 했었소."

"아… 그날. 확실히 제가 데리고 나왔었죠. 그런데 설린이가 피 대원이 있던 기루에 찾아왔었다고요? 그럼, 기루에 같이 있었단 말이에요?"

놀란 그녀의 질문에 피월려는 짧게 대답했다.

"그렇소."

"설린이가 뭐라고 했죠?"

"별말 안 했소."

"거짓말하지 마요. 어떻게 여자가 자기 남자가 기루에 있다는 사실을 알고도 아무런 말도 안 할 수 있다는 것이죠?"

"서 소저."

낮고 굵은 목소리였다.

"왜 그러시죠?"

"서 소저가 오해하는 것이 있소."

"말해보세요."

"나와 린 매는 서 소저가 생각하는 것 같이 아름다운 사이가 아니오. 그녀는 마치 내가 천생연분인 것처럼 행동하지만, 실상은… 그런 것이 아니요."

"그것이 무슨 말이죠? 설명해 주세요."

피월려는 침상에 털썩 누워버렸다.

"모르겠소, 나도. 우리가 무슨 사이인지 생각하면 어지럽기만 하오. 하여간 손은 어떻소? 금은 칠 수 있소?"

"금이야 당연히 칠 수 있어요. 그런데 제가 무엇을 오해했다는 것이죠?"

"아니요. 잊으시오."

"……"

"취월가가 듣고 싶소."

"당신, 진심인가요?"

"부탁하오."

서린지는 한동안 피월려를 뚫어지게 보더니, 곧 높은 콧소리를 내며 방문을 열었다.

"당신한테는 과분한 것이에요."

피월려는 침상에 엎어진 자세로 고개를 돌려, 막 떠나려는 서린지를 돌아보았다.

"그래서 그냥 갈 것이오?"

"현 상황에서 개인적으로 지부를 떠난 사람은 피 대원밖에 없어요. 보상으로 얻은 소중한 개인 시간인 만큼 소중히 쓰시길 바랄게요."

"멀리서나마 감시할 게 뻔한데 무슨 개인 시간이란 말이오. 쳇."

피월려의 작은 투정을 듣는 것을 끝으로, 서린지는 방 밖으로 나갔다. 다시금 고요함이 찾아들자 피월려가 중얼거리며 말을 이었다.

"무영비주는 나름 살수니 지가 알아서 잘했겠지……. 에라! 신경 쓰지 말자."

피월려는 복잡해지는 머리를 쥐어뜯으며 벌러덩 누웠다. 그러자 상념이 끊임없이 머릿속에서 피어나 그를 괴롭혔다. 무공에 관한 것, 상황에 관한 것, 계획에 관한 것 등등. 단 하나도 간단한 문제가 없었다.

피월려는 심호흡을 하며 모든 생각을 저 멀리 밤하늘로 보냈다.

술도 여자도 물 건너갔으니, 깊은 한숨의 꿀잠이라도 얻어야 하지 않겠는가. 그가 그렇게 무상(無想)을 유지하며 막 잠에 들려는 찰나, 갑자기 방문이 열렸다.

"서 소저?"

서린지는 매우 언짢은 표정으로 곰방대를 방문에 탁탁 치고는 한숨을 쉬었다.

"명이 있어요."

"명?"

"사실, 그게 제 진짜 용무예요."

피월려는 정신이 번쩍 드는 것 같았다.

"설마, 개인적인 감정 때문에 나한테 명을 전달하지 않으려 했다는 것이오?"

"그래요."

뚝 떨어지는 듯한 대답에 피월려는 기가 막혔다. 명을 전달받지 못하는 것은 생사가 오가는 중대한 문제로 이어질 수 있기 때문이다.

그러나 생각해 보면 서린지는 저번에 폭포에서도 그에게 제대로 명을 전달하지 않았다. 이유는 진설혼이 아니라 진설린을 노리는 것에 대해서 혐오감을 느꼈기 때문이라 했다.

피월려는 조금 격양된 목소리로 말했다.

"공과 사를 구분하시오."

"그건 제 마음이에요."

"서 소저도 태생마교인이 아니요? 내 목숨을 벌레 취급하는 것은 그렇다 쳐도, 어찌 본 교에 해가 될 수 있는 일을 한단 말이오?"

"우습군요. 이제 막 마교인으로 입교하신 피 대원이 그런 말씀을 하시다니. 정말로 본인 목숨이 벌레 취급되는 것은 상관이 없고, 본 교에 해가 되는 것은 상관이 있으신가요?"

"둘 다 상관있소."

"거짓말하지 마세요."

피월려는 이 무의미한 말싸움을 그만 끝내고 싶어졌다. 여인에게 혀로 이기려는 것만큼 어리석은 일도 없다.

"알았소. 그러니 명이 무엇인지 알려주시오."

"이젠 제 말씀이 듣기 싫어지셨군요? 제가 귀찮나요?"

"……."

흑도의 인생길에서 그 많은 도발을 웃으며 넘겼던 세월이 허망하게 느껴졌다. 설마 세 치 혀로 이토록 분노가 치솟을 줄이야.

피월려는 침묵을 고수했고, 서린지는 곰방대에서 연기를 몇 번 뿜어내며 피월려를 지긋이 보았다. 치기 어린 어린아이의 모습을 즐기는 콧대 높은 여인의 눈빛이 그녀의 꽃사슴 같은 눈망울 속에서 보였다.

피월려는 눈을 딱 감았다.

"명을 알려주시오."

"사과하세요."

"무엇을 말이오?"

"저에게 함부로 한 것에 대해서 말이죠."

이렇게 유치할 줄이야.

"내가 언제… 후… 알았소. 미안하오."

"정말인가요?"

"정말로 미안하오."

"흐음……."

서린지는 입술을 내밀고 곰방대로 툭툭 치면서 고민하는 척했다. 피월려는 가까스로 화를 참으며 그녀가 말하기를 기다렸다.

서린지가 말했다.

"알았어요. 말해주죠. 다음부터는 절 함부로 대하지 마세요. 그만큼 대가가 따라올 테니까."

간드러지는 목소리에 피월려는 억지로 고개를 끄덕였다.

서린지가 말을 이었다.

"명은 간단해요. 하오문과 분쟁을 일으키지 말라는 것이에요."

"하오문? 갑자기 그들이 왜?"

"존명으로 답하지 않으면 전 피 대원을 죽여도 책임을 지지 않아요."

서린지는 웃고 있었지만, 말 속에 담긴 의미는 매우 살벌했다. 피월려는 황급히 두 손을 모았다.

"존명."

"호호호. 농담이에요. 설마 내가 피 대원을 죽이기야 하겠어요?"

"……."

"명의 의미는 해석하지 않아요. 피 대원께서는 그냥 따르시면 됩니다. 그럼 다음에 또 봬요."

피월려가 고개를 들기도 전에, 방문이 닫히며 그녀는 모습을 감추었다. 그는 말이 없다가 신경질적으로 외쳤다.

"보상은 무슨……. 하루가 지나자마자 명이라니."

*　　　　*　　　　*

낙양흑검은 피월려에게 술을 건넸다.

"우습군."

피월려는 술잔에 술을 받았다.

"뭐가?"

낙양흑검은 자기 술잔에 술을 따랐다.

"내가 검을 만드는 대장장이로 살면서, 무림인이 될 거라고
는 솔직히 예상했었어. 언젠가는 내가 만든 이 쇳덩이들의 업
보가 나에게까지 미칠 것이라고 말이야."

피월려가 술잔을 들어 술을 마셨다.

"그런데?"

낙양흑검 역시 자기 술잔을 들어 술을 마셨다.

"그런데 설마 검이 되어버릴 줄이야."

피월려는 웃었다.

"큭큭큭."

낙양흑검 또한 웃었다.

"크하하."

이번엔 피월려가 술병을 들어 낙양흑검의 술잔에 술을 따
랐다.

"검이 되니 기분이 어떤데?"

낙양흑검이 술잔으로 술을 받았다.

"좆같아."

피월려가 자기 술잔에 술을 따랐다.

"설마 무림인이 되는 것보다 더 좆같을까."

낙양흑검이 술잔을 들어 술을 마셨다.

"그래도 무림인은 자유롭지."

피월려 역시 자기 술잔을 들어 술을 마셨다.

"그래서 무림인은 매일같이 살인을 하나?"

낙양흑검은 웃었다.

"크하하."

피월려 또한 웃었다.

"큭큭큭."

낙양흑검은 피월려에게 술을 건넸다.

"검이 되도 마찬가지야. 살인은 하지."

피월려는 술잔에 술을 받았다.

"내 손에 들려서 휘둘러지는 주제에 죄책감이라도 느끼는 거야?"

낙양흑검은 자기 술잔에 술을 따랐다.

"죄책감은 아니지만 살인에 동참한다는 의식은 있어."

피월려가 술잔을 들어 술을 마셨다.

"그래서? 내가 더는 살인하지 않았으면 하는가?"

낙양흑검 역시 자기 술잔을 들어 술을 마셨다.

"지랄도 풍년이다."

피월려는 웃었다.

"큭큭큭."

낙양흑검 또한 웃었다.

"크하하."

이번엔 피월려가 술병을 들어 낙양흑검의 술잔에 술을 따랐다.

"좌추가 왜 자살했다고 생각해?"

낙양흑검이 술잔으로 술을 받았다.

"지가 자살하게 만들어놓고 내게 묻기냐?"

피월려가 자기 술잔에 술을 따랐다.

"이해가 안 가. 기분도 더럽고."

낙양흑검이 술잔을 들어 술을 마셨다.

"좌추가 자기 입으로 말했지. 네놈이 정이 많아서 그런 거야."

피월려 역시 자기 술잔을 들어 술을 마셨다.

"왜 시발, 다들 그 소리야."

낙양흑검은 웃었다.

"크하하."

피월려 또한 웃었다.

"큭큭큭."

낙양흑검은 피월려에게 술을 건넸다.

"누가 또 정이 많다고 했는데?"

피월려는 술잔에 술을 받았다.

"스승님."

낙양흑검은 자기 술잔에 술을 따랐다.

"그래?"

피월려가 술잔을 들어 술을 마셨다.

"나는 냉혹해. 사람을 죽일 때 망설임이 없지. 솔직히 왜 그렇게 보셨는지 모르겠어."

낙양흑검 역시 자기 술잔을 들어 술을 마셨다.

"나는 알 것 같은데?"

피월려는 웃었다.

"큭큭큭."

낙양흑검 또한 웃었다.

"크하하."

이번엔 피월려가 술병을 들어 낙양흑검의 술잔에 술을 따랐다.

"내가 왜 정이 많은지 설명해 봐."

낙양흑검이 술잔으로 술을 받았다.

"흑설을 왜 도와줬지?"

피월려가 자기 술잔에 술을 따랐다.

"……."

낙양흑검이 술잔을 들어 술을 마셨다.

"좌구조는 왜 도와줬지?"

피월려 역시 자기 술잔을 들어 술을 마셨다.

"……."

낙양흑검은 웃지 않았다.

"나도 도와줄 거지? 가도무, 죽여줄 거지?"

피월려는 웃지 않았다.

"……."

"죽여."

"……."

"죽여."

"……."

"죽여."

"……."

"죽……."

하얀 세상이 갑자기 어둠으로 물들었다.

피월려는 시야를 확보하기 위해서 눈을 떴고, 먼저 낙하강의 멋진 야경과 커다란 달이 유리창에 비쳐 보였다.

그리고 그 중앙에는 한 검은 그림자가 의자에 앉아 있었다.

그 그림자가 말했다.

"생각보다 둔감하네. 사람이 방 안에 버젓이 들어오는데 꿈나라에서 기어 나올 생각을 안 하다니."

아무리 적게 잡아도 팔십은 넘는 늙은이의 목소리였다. 이런 고요한 방이 아니면 무슨 말을 하는지도 알아들을 수 없을 정도로 작았고, 이가 없어 바람 빠지는 소리가 어눌하고 느릿한 발음과 함께 들렸다.

피월려가 말했다.

"그래도 내게 살기를 품는 순간 일어나긴 했잖소? 이 정도면 이 나이에 괜찮은 수준 아니오?"

"클클클. 세상의 어느 살수가 살기를 품고 방 안에 잠입한단 말이냐? 확신이 서기 전까지는 당연히 살기를 감춘다. 살수가 살기를 내뿜었다는 것은 이미 대상의 죽음이 확정지어졌다는 말이야."

"그래서, 노인께서 나를 죽이려 했다면 얼마든지 죽일 수 있었다, 이 말이오?"

"네 실력이 형편없다는 소리지."

"그게 그거잖소."

"잡담은 그만두어라."

"노인께서 먼저 시작하셨소만. 그런데 도대체 누구시오?"

"한번 맞춰봐라. 네 안목을 보고 싶다."

피월려가 침상 위에 있지 않았다면, 침을 딱 하고 뱉었을 것이다.

"나이 좀 있는 분들은 왜 하나같이 다 그 소리요? 그냥 밝히시오. 간만에 숙면에서 억지로 깬지라 눈앞이 핑 도니 딱히 머리를 굴리고 싶은 생각이 없소."

노인은 한동안 말이 없다가 입술을 한 번 빨았다.

"나는 괴뢰지(怪儡指) 음호천이다."

"괴뢰지? 혹 하오문주가 아니오?"

"정확히 알고 있군."

괴뢰지 음호천.

하오문의 문주를 맡고 있는 그는 현 무림에서 가장 신비로운 인물로서, 안 그래도 비밀이 많기로 소문난 하오문 안에서도 그의 진면목을 아는 이가 극히 드물었다.

전대 하오문주를 죽일 때 사용한 괴상망측한 지공 때문에 생긴 별호로 그가 지공을 익혔다는 것만이 세간에 알려진 유일한 정보였다.

피월려는 놀람을 감추지 못하며 말했다.

"정말로 하오문주시오?"

음호천은 고개를 갸웃했다.

"그래. 그게 그리 놀랄 일이냐?"

"당연히 놀랄 일이오. 하오문주 괴뢰지 음호천은 이 무림에서 진면목을 본 사람이 다섯 손가락에도 들지 못한다고 알려져 있소. 그런 신비한 인물과 얼굴을 마주하고 있다니, 이것이 놀랄 일이 아니면 무엇이 놀랄 일이란 말이오? 내가 하오문주의 얼굴을 안다 하면 아무도 믿지 않을 것이오."

음호천은 바람이 새는 쉰 목소리로 웃었다.

"크훼훼. 아부 한번 잘하는구나. 하지만 아쉽게도 내 진면목을 봤다는 것은 큰 오산이다. 내가 설마 인피면구조차 하지 않았을까? 하여간 네 아부를 들으니 내가 수족같이 부리던 놈 하나가 생각나는구나. 그놈이 그렇게 아부를 잘 떨었지. 그놈이 말이야……."

음호천이 이야기를 하려고 하자, 피월려는 재빨리 의도적으로 하품을 하며 말을 잘랐다.

"하암. 그자에 대해서 논하려고 내게 찾아온 건 아닐 테고……. 무슨 일로 내게 찾아온 것이오?"

퉁명스러운 말투에 음호천은 인상을 완전히 구겼다.

"어린놈이 어른이 말씀하시는데… 말세군 말세야. 이토록 처세술이 없다니, 아무리 약관을 넘었다고 하지만 말투가 그게 뭐냐? 서화능에게 좀 배워야겠구나."

"부득이하게 끊지 않으면 절대로 끝나지 않는 것 중 하나가 바로 노인의 잡소리요. 목적을 말씀하시오."

"원… 싸가지 없기는. 잉잉잉."

음호천은 고개를 팍 돌리며 혀를 찼다. 이도 없이 잇몸으로 혀를 겨우겨우 차는 모습이 안쓰럽기 그지없었다.

그냥 겉만 보면 영락없는 노친네다. 하오문이라는 거대 세력을 이끄는 수장은커녕 간단한 무공조차 시전할 줄 모르는 평범한 늙은이로만 보였다. 때가 낀 더러운 몰골과 검버섯이 가득한 얼굴은 낙양 어디를 가도 찾아볼 수 있는 흔한 모습이었다.

말투 또한 질 낮은 인생을 살고 있는 시정잡배나 말술에 거하게 취한 취객에 지나지 않았다. 눈을 씻고 찾아봐도 몸의 움직임 하나하나에서 무인의 모습을 찾을 수가 없었다.

한 가지 걸리는 점이 있다면, 그 노인은 어떠한 각도에서도 자신의 손가락을 보이지 않고 있다는 점이다. 그러나 그것조차 매우 자연스러워 도저히 의도적으로 감추고 있다고 보기 어려웠다.

괴뢰지라는 별호 때문에 손가락을 보려고 하지 않았다면, 그런 행동조차 간파하지 못했을 것이다.

용안으로도 아무것도 보이지 않는 허허실실의 고수다. 조금이라도 방심하다가는 깊은 심계에 빠질 가능성이 다분했다. 피월려는 내력을 끌어 올리며 몸을 뜨겁게 달구었다. 하지만 간만에 깊게 자서 그런지, 잠기운이 그의 육체에서 떠나갈 생각을 하지 않는다.

피월려가 말했다.

"정말로 말씀하시지 않을 생각이오?"

음호천이 대답했다.

"뭘 말이냐? 아까부터 자꾸."

"용건 말이요."

"용건? 용건이라니. 내가 언제 용건이 있다고 했느냐?"

"그럼 용건도 없이 어찌 이곳에 있으시오?"

"낙화루야 하오문의 중추 건물인데 하오문의 주인인 내가 있는 것이 뭐 어때서 그러냐?"

"……."

"난 이 방이 좋아서, 낙양에 오면 항상 이 방에 들러 낙하강의 야경을 구경한다. 오늘도 그래서 온 것뿐이야."

"여긴 내 방이요. 돈을 받아 처먹었으면 권리를 인정하시오."

"아니지. 낙화루의 수입은 모두 천마신교에서 가져가는데? 왜 그러시나? 나는 받은 돈이 없어."

"그래서 뭐, 못 나가겠다는 말이오?"

"어허 참. 왜 화를 내고 그러시나?"

"몰라서 묻는 것이오?"

"모른다."

"……."

피월려는 진이 빠지는 것을 느꼈다. 단순히 말을 섞는 것뿐이데, 검을 섞는 것 같다.

그의 표정을 본 음호천이 귀까지 걸리는 큰 미소를 지었다.

"크훼훼. 원 싱겁기는. 노인네가 장난도 칠 수 있는 거지."

피월려는 마기를 전신에서 폭사시키며 앞으로 돌진했다. 순간적으로 잡은 역화검을 역으로 발검하며, 눈앞에서 눈뜨고도 막기 힘든 속도로 음호천의 머리를 겨냥했다.

쉬익! 쉬이익!

피월려의 검이 음호천의 머리에 닿기 직전, 음호천의 뒤에서 두 개의 그림자가 물 흐르듯 나타났다.

그 그림자들은 짧은 단검을 들고 피월려의 요혈을 노리며 공격했는데, 피월려는 그 공격에 전혀 상관하지 않으면서 역화검을 멈추지 않았다.

팅!

짧은 공명음과 함께, 역화검이 공중에 멈췄다. 그 놀라운 속도를 단숨에 정지시킨 것은 두 개의 굵은 손가락이었는데, 그 굵기가 갓 태어난 어린아이의 팔뚝만큼이나 굵었다. 역화검이 그 사이에서 부들부들 떨리며 메아리처럼 공명음을 조금씩 토해냈다.

음호천의 표정은 전혀 변화가 없었다. 굳지도, 놀라지도, 화나지도, 않은 전과 같은 그대로의 표정이었다.

그가 말했다.

"성질 한번 급하네. 이걸로 나한테 절 한번 해야겠어."

"절? 내가 왜 절을 해야 하오?"

"그야 내가 네 목숨을 살려주었기 때문이지."

"그게 무슨 뚱딴지같은 소리요?"

"내가 내 호위에게 멈추라고 신호하지 않았으면, 넌 이미 죽은 목숨이야."

"호위라……. 지금 내 요혈에 단검을 겨누고 계신 이 두 분 말씀이오? 그도 아니면 아직 모습을 드러내고 있지 않는 여덟 분을 말씀하시는 것이오?"

"……."

역시 표정의 변화는 없었지만, 음호천은 침묵했다. 지금까지 단 한 번도 침묵한 적이 없던 것을 생각하면 꽤 만족스러운 결과다.

피월려는 씨익 웃으며 말했다.

"내가 모를 줄 알았소? 열 명이나 호위로 두고 계시니 참으로 대단하시오."

"예상보다는 눈썰미가 좋군. 이들의 존재를 눈치채다니. 그건 인정해 주겠다."

피월려가 살기를 거두며 역화검을 잡아당겼다. 그러자 음호천은 검을 잡고 있던 손가락을 벌려 순순히 놔주었다. 그의 두 호위도 그림자처럼 그의 옆에서 사라졌다.

피월려가 말했다.

"문주의 손가락을 확인하고 싶어서 부득이하게 무례를 저질렀소. 용서해 주시길 바라겠소."

정중히 사과하는 피월려를 보며 음호천은 코웃음을 쳤다.

"하! 그래서 공격한 것이냐? 내 손가락을 보고자? 미친놈이 따로 없네."

"이건 문주께서 이해해 주셔야 하오. 한밤에 갑자기 한 노인이 나타나서 자기가 하오문주라고 소개하면 그 누구라도 의심을 품을 것이오."

"그래서 다짜고짜 공격을 한단 말이냐? 마인 중에는 도저히 정상인 놈이 없는 것을 또다시 느끼는군. 네 생명이 아깝지도 않더냐?"

"그래서 적당히 공격한 것 아니요?"

"적당히? 그 살기가?"

"아마 마기가 섞여서 그런 것일 것이오. 너무 신경 쓰지 마시오."

"크, 크훼훼. 마교인들이란⋯⋯. 정말이지 질리지가 않아. 크훼훼."

피월려 역시 웃음을 흘리며 검을 거두었다. 그는 천천히 침상에 걸어와 털썩 걸터앉았다.

"지부에 오셔야 한다고 얘기를 들었소만?"

그의 질문에 음호천이 퉁명스럽게 대답했다.

"이미 다녀오는 길이다. 같은 마인이면서 그것도 모르느냐?"

"뭐, 본 교의 특성상 본인이 알아보지 않는 한, 큰일이라도 모르고 지나가는 경우가 태반이오."

"단체라고 할 것도 없구먼."

"개인주의를 중요시 여기는 것뿐이지, 교에 대한 충성심으로 말하자면 그 어떠한 집단과도 비교할 수 없을 것이오."

"외부인사인 네가 할 말은 아닌 것 같은데. 마교랑 아무런 상관도 없이 흑도에서 세월을 보낸 네가 무슨 충성심이 있다는 거냐?"

뭔가 나오기 시작한다.

피월려는 눈을 날카롭게 떴다.

"흥미롭군. 나에 대해서 또 무엇을 아시오?"

"다 죽어가는 늙은이처럼 보여도 이래봬도 하오문주다, 혈신동(血身童)."

"······."

"강북에서 네게 원한을 가진 이들이 꽤 있던데. 과거 전적이 볼만했어. 어린 나이에 그런 일들을 겪다니 말이야."

"뭐, 어려서 흑도의 길을 걷다 보면 다들 흔히 겪는 일이 아니겠소."

"아무도 돌봐주지 않았는데 혈혈단신으로 어른까지 장성한 경우는 극히 드물지. 애새끼가 별호까지 있을 정도였으니."

"과장하지 마시오. 성 하나 건너면 아무도 모르는 수준이었소."

"시 하나가 아니라 성 하나에서 알려질 정도면 꽤 대단한 수준이지. 암, 그렇고말고. 일류고수라도 전 무림에 퍼진 정도의 별호를 가진 자는 없다. 기껏해야 성안에서 알아주는 정도지. 그러니 명성만 놓고 보면 넌 일류고수 수준이었던 것이다."

"어렸다는 것도 한몫했을 것이오. 어린아이는 모든 무림인의 경계 대상이 아니겠소?"

"그야, 그렇지. 어린아이라……. 그 혹설이라던가? 그 아이는 잘 지내나? 자네가 지부로 데려간 것 같던데."

"노인께서 신경 쓸 것 없이 아주 잘 있소."

"그 아이에게 잘해줘야 할 것이야. 어머니 같은 예화를 잃었으니."

"그 피는 하오문의 손에도 묻은 걸로 아오만."

"에이. 살막이지. 왜 선량한 하오문에게 그리 말하는 게냐?"

"내막을 다 알고 하는 소리니 거짓말할 필요 없소."

음호천은 마치 아무것도 모르는 아이의 순수함을 담은 표정을 지었다. 그러나 피월려의 확신에 찬 눈빛에 변화가 없는 것을 보더니, 그 표정이 점점 굳어졌다.

음호천이 속의 것을 터놓듯 말했다.

"좋은 눈빛이군. 확신에 찬 눈빛이야. 절대 추측만으로는 가질 수 없는 눈빛……. 누가 하오문이 뒤에서 손을 썼다는 정보를 제공했지? 무영비주이더냐?"

피월려는 이리도 빠르게 정곡을 찔릴지 몰랐다. 그의 눈빛은 아주 미세하게 흔들렸지만, 하오문의 문주로서 온갖 심계에 정통한 음호천에게는 지진만큼이나 확실하게 느껴졌다.

그가 뭐라 말하려고 입을 벌리기 직전, 피월려가 갑작스레 입을 열었다.

"무영비주? 그자를 아시오?"

음호천은 잠시 말을 하지 않고 피월려의 얼굴을 관찰했다. 이상하게도 피월려의 표정에는 작은 분노가 돋아나 있었다.

음호천이 물었다.

"왜? 그자에게 원한이라도 있는가?"

"그런 것은 아니요."

"그럼?"

"지부장께서 그자에 대한 명이 있었소."

"무엇이냐?"

"그것은 말할 수 없소. 그런데 그자가 누구이오?"

피월려의 눈빛은 순수했다.

음호천은 팔을 들어 턱을 괴며, 잠시 고민했다.

몇 번의 숨을 내쉴 수 있는 짧은 시간이 흐르고, 그는 곧 피식 웃으며 낮게 으르렁거렸다.

"개소리 마라. 네놈은 무영비주를 알고 있어."

너무나도 확신에 찬 어조에, 피월려는 더 이상 연기하는 것이 무의미하다는 것을 깨닫고 즉시 속내를 내비쳤다.

"설마 내 연기 실력이 모자랐소?"

"됐고. 무영비주가 지껄인 거 맞지?"

"……"

"맞아? 안 맞아?"

"맞소."

"그럴 줄 알았어. 그 개새끼. 뭐? 주제에 잠사를 하겠다고? 크훼훼."

음호천은 걸걸거리는 비웃음을 흘렸다. 피월려는 기회를 놓치지 않고 파고들었다.

"하오문주께서 살막의 일에 대해서 꽤 자세히 아시는 것 같소? 하오문 하나만으로도 벅차지 않으시오?"

피월려의 말이 끝나기 무섭게 음호천은 순간 눈을 옆으로 돌렸다가 다시 피월려를 마주보았다. 매우 짧은 순간이었지만, 피월려는 그것을 놓치지 않았다.

음호천이 말했다.

"하오문은 살막이 창설되었을 때부터 정보를 제공해 왔고, 지금까지도 좋은 동맹 관계를 유지하고 있다. 그러니 서로에 대해서 잘 알 수밖에."

"흐음……. 하여간, 그 무영비주가 잠사가 된 것에 대해서 꽤 불쾌감을 가지고 계신 듯한데, 왜 그렇소?"

"네놈이 더 잘 알 텐데."

"무엇을 말이오?"

"크훼훼. 끝까지 말하지 않겠다는 것이냐?"

"당최 무슨 말씀을 하고 싶은 것이오?"

"방금 네놈은 네놈이 암살을 당했을 당시, 그 암살의 배후가 하오문이라는 것을 무영비주에게 들어 알았다고 했다. 그 내막을 알게 된 천마신교는 보복하기 위해서 낙양에 존재하는 하오문도란 하오문도는 모두 족치고 다녔었지. 하오문의 지부를 박살 내는 것도 모자라서 하오문 지부주까지도 납치하여 지부에 감금했다. 결국 하오문주인 내가 직접 나서서 협상하여 낙양의 하오문 세력을 급감시키는 것으로 담판을 지어야 했지."

음호천의 말은 몇 가지 틀린 점이 있다.

그는 천마신교가 낙양에서 하오문을 쓸어버린 이유가 마교인인 피월려를 암살하려 했기 때문이라고 생각하고 있다. 그러나 그것은 허울 좋은 명분일 뿐이다. 서화능은 피월려가 입교하기도 전부터 낙양의 하오문을 쓸어버리려고 생각했었다. 그들의 정보력은 나중에 천마신교 낙양지부가 세력을 넓히는 데 있어 문제가 될 수밖에 없기 때문이다. 그래서 신물주를 하오문에 잠입시키려고 했었고, 피월려를 일부러 미끼로 쓰기도 했었다.

또 틀린 점은 피월려가 암살의 배후가 하오문인 것을 무영비주에게 들은 것이 아니라는 것이다. 피월려는 잠사를 고문하는 중에 얻는 새로운 정보로부터 추리하여서 스스로 그 결론을 얻게 되었다. 무영비주는 그에 관해서 어떠한 정보도 준 적이 없었다.

피월려는 음호천의 오해를 고쳐주고 싶은 생각이 없었다. 그 대신 오히려 더 확고하게 만들기 위해서 역으로 의심하는 척했다.

"방금 말한 것들이 정말로 사실이라 생각하시오?"

음호천은 기가 막힌다는 비릿한 웃음을 흘렸다.

"약 팔지 마라. 중요한 건 그다음이다."

"그 다음?"

"왜 무영비주가 네게 정보를 제공했냐는 것이다. 애초에 네 놈들은 아는 사이도 아니고, 오히려 적이라 하는 것이 맞다. 그런데 뜬금없이 무영비주가 네게 정보를 제공하겠느냐? 게다가 저번 잠사가 죽게 된 배경을 설명하는 무영비주는 의도적이라고 생각될 정도로 네놈에 대해서 언급하지 않았다. 이 이유는 또 무엇이냐? 간단하다. 네놈과 무영비주가 같이 작당질을 한 것이다."

"……"

"그것도 무영비주가 살막으로부터 네놈의 정보를 숨길 정도로 대단한 짓거리를 함께 벌여놓은 것이다. 그리고 네놈도 그 일을 천마신교로부터 숨겼겠지. 처음에 보여준 네놈의 충성심을 생각하면 네놈은 분명 천마신교에게 일일이 다 일러바치진 않았을 것이다. 네놈들의 작당질이 무엇인지 정확히는 모른다. 하지만 이미 입질이 온 이상, 내 직감과 정보력에서 벗어날 수 없다. 내가 마음만 먹으면 결국 밝혀낼 것이다."

"……"

피월려는 노력했지만, 도저히 참을 수 없었다. 그의 얼굴은 경직되었고, 그의 눈동자는 좌우로 요동쳤다.

하오문주가 의심한다.

피월려와 무영비주가 잠사와 신물주를 죽였다는 사실을.

이는 피월려의 생명을 장담할 수 없는 아주 위험한 일이다.

신물주를 죽인 시점에서부터, 피월려는 천마신교의 신물주가 되었다.

모든 것을 떠나서 그가 새로운 신물주인 것이 천마신교 내에서 밝혀질 경우 그는 최고 요주의 인물이 되어버리고, 교주의 자리를 탐내는 노마두(老魔頭)들이 그를 언제나 죽이려고 할 것이다.

최악의 경우, 신물주처럼 가면이나 쓰며 평생을 홀로 비밀스럽게 살아야 할지도 모른다.

그런데 그것을 밝히는 열쇠가 하오문주의 손에 쥐어져 있다.

과연 하오문주다.

논리의 시작은 오해에서 비롯되었다. 하지만 결론은 정확하게 진실에 도달했다. 그것이 가능한 이유는 그저 감이라고밖에 설명할 수 없다. 평생 남을 의심하고 산 연륜이 그로 하여금 무영비주와 피월려의 말과 행동에서 비릿한 구린내를 맡은 것이다.

음호천이 말했다.

"반응을 보니 뭔가 있는 것이 확실하구만."

피월려는 떨리는 마음을 진정시키고 슬며시 그에게 물었다.

"혹시 서화능과 만나는 중에 그 의심을 언급하셨소?"

"왜? 말했으면 어쩌게?"

"……."

"내가 말했다고 한들, 네가 할 수 있는 것은 아무것도 없다. 그렇지 않나?"

"……."

음호천은 양쪽 입꼬리 끝을 방긋 올리면서, 피월려를 조롱하는 주름을 얼굴에 그렸다.

"걱정 마라. 아직 말 안 했다."

막상 들으니 마음이 철렁이며 안도감이 신경을 간지럽힌다.

"정말이오?"

피월려의 질문에 음호천이 웃었다.

"크훼훼. 난 네 이야기를 전혀 하지 않았다."

피월려는 의구심이 들었다. 음호천의 입장에서 그를 보호해 줄 이유가 하나도 없었기 때문이다.

"왜 그런 것이오? 왜 나를 보호해 주셨소?"

"서화능을 만났을 때, 난 이 모든 것이 전부 비도혈문의 농간이라 말했다. 그러자 서화능은 살막이 직접 비도혈문을 멸문시키는 것으로 지금까지 있었던 모든 은원을 정리하자고 했지."

"비도혈문? 그런데 그것과 나를 보호해 주는 것은 무슨 상관이 있소?"

"그것을 옆에서 확인할 마교 측 증인을 데려와야 할 것 아니냐? 내 입장에서는 네놈이 가장 적합하다고 생각했기 때문에 우선적으로 네놈을 보호한 것이다."

"나를 증인으로 쓰기 위해서 보호했다? 그것이 하오문주께 무슨 이득이 된단 말이오?"

"당연히 이득이 되지. 난 네놈이 켕겨하는 걸 알고 있으니까. 내 맘대로 주무를 수 있지 않겠느냐?"

"……."

"또한 네놈은 신뢰를 가지고 있다."

"신뢰?"

"무영비주와 같이 한 몸으로 살얼음판 위를 걸었으니, 그만한 신뢰가 생기겠지. 아니냐?"

두 사람이 같은 문제에 봉착하여 함께 그 일을 이겨내면 그만큼 신뢰가 쌓인다.

하오문주는 그것을 말한 것이다.

피월려가 고개를 끄덕였다.

"확실히, 어느 정도는 쌓인 것 같소만."

"나는 그걸 이용하여 비도혈문을 멸문시킬 것이다."

피월려는 복잡해진 생각을 잠시 정리하고는 느릿느릿하게 읊었다.

"그러니까… 서화능 지부장님과 하오문주께서는 비도혈문을 멸문하려 하오. 그 이유는 비도혈문의 독단적인 행동이 양쪽에 모두 거슬리기 때문이오. 그리고 그 와중에 나에 관한 의심을 말하지 않은 이유는, 비도혈문을 멸문시킬 때에 나를 쓰기 위함이오. 내 말이 맞소?"

"그래."

하오문주의 대답에 피월려는 확신할 수 있었다.

이중간책(二重奸策)!

피월려의 의견이 낙양지부의 수뇌부에서 받아들여진 것이다.

무영비주에게는 하오문에게 책임을 묻겠다며 협약을 맺는다.

하오문주에게는 비도혈문에게 책임을 묻겠다며 협약을 맺는다.

그리고 가장 이득이 되는 방향으로 움직임을 취한다.

피월려는 마음속으로 회심의 미소를 지으면서 말을 이었다.

"그럼 또 다른 한 가지 의문이 드오."

"뭐냐?"

"애초에 왜 살막에서 비도혈문을 멸문시키려고 하시오? 말씀하시는 것을 들어보니, 살막의 중요한 위치에 있는 비도혈문을 멸문시키는 데 아무런 거리낌이 없는 것 같소. 아니, 오히려 더 멸문시키고 싶어 하는 것 같소."

"그것까진 알 것 없다."

피월려는 기지개를 켜면서 침상에 몸을 던지듯 드러누웠다.

"비도혈문의 멸문이라, 후······."

"너는 나를 성심성의껏 도와야 할 것이야. 마교의 절대적인 상명하복도 상명하복이지만, 난 네 목숨 줄을 틀어쥐고 있으니."

"어차피 나도 힘껏 도와주려고 생각하고 있소. 무영비주가 죽는다면 비밀의 유일한 목격자가 죽는 것이니, 나 또한 이득이오."

"그래… 이 일은 서로 돕는 것이야. 딱 한 가지만 더 해결하면 말이지."

이대로 대화를 끝낼 줄 알았던 하오문주가 말을 덧붙이니 피월려는 왠지 모를 위기감이 들었다. 귀찮은 일이 생기기는 했지만, 그래도 하오문주라는 심계의 고수와 말씨름을 한 것 치고는 많이 손해를 보지 않았기 때문이다. 이대로만 끝나도 괜찮을 텐데, 뭔가 더 짜증 나는 일이 일어날까 걱정이 되었다.

피월려가 물었다.

"한 가지? 그게 무엇이오?"

"하오문 낙양지부주, 아는가?"

"아… 하오문 지부주."

"자네가 잡아갔으니 잘 알겠지. 아주 기가 막힌 방법으로 말이야."

"……."

"그놈을 구해줘야겠어."

"구하라는 말은?"

"서화능이 그놈은 못 보내주겠다고 했다. 아무리 비도혈문이 이 일을 주도했다고 믿는다 하나 하오문에서 즉시 이상한 점을 보고하지 않았다고… 그 정도의 책임은 지라고 했지. 그래서 지부주는 계속 마교에 감금되어 있는 상태야."

"그걸 나보고 지금 구하라고 한 것이오?"

"그래."

"미친 것 아니오? 아니, 내가 애초에 그걸 왜 해야 하오?"

"안 하면 너에 관한 의심을 천마신교에 말할 거야."

"아, 젠장. 그럼 무영비주와 신뢰고 어쩌고 한 건 뭐였소? 그리고 증인은? 그것들 때문에 나를 보호해 준 것 아니오?"

"네 도움이 없어도 비도혈문을 멸문시키는 건 불가능한 일이 아니야. 단지 좀 더 어려워질 뿐이지. 그러니 하오문으로서는 귀찮더라도 얼마든지 너를 버릴 수 있다. 그리고 다른 증인을 요청하면 될 일이지."

"……."

"시일은 삼 일이다. 그 안에 낙양지부주를 장거주의 집으로 데려와. 거기서도 한바탕 크게 놀았으니 어딘지 잘 알겠지. 그럼 그때 비도혈문을 칠 계획을 논하도록 하지."

"삼 일 안에는 도저히 불가능하오. 게다가 지부의 마인들을 모두 속이고, 나 혼자 도대체 어떻게 빼오라는 말이오?"

"자네는 심계가 깊으니, 꼭 해낼 것이라는 믿음이 생기는군. 아, 그리고 올 때는 지부주 외의 다른 인물과 동행하지 마라."

"……."

"그럼 삼 일 안에 보지."

그 말을 끝으로 곧 방 안에서 하오문주의 기운이 사라져 버렸다.

그와 동시에 곳곳에서 느껴지던 열 명의 기운 또한 모두 사라졌다.

피월려가 허탈한 심정으로 중얼거렸다.

"그러면 그렇지……. 하오문 새끼들하고 얽히는 게 아니었는데……. 여유가 없다는 무영비주의 말이 무슨 말인지 알겠어. 이것만 생각해도 머리가 터질 지경이군, 젠장."

아무리 피월려가 심계가 깊다 해도 수십 년을 밑바닥에서 살아온 하오문주에 비할 수는 없었다.

농으로 가볍게 시작하며 질질 끌다가, 중구난방(衆口難防)으로 대화의 방향을 바꿔가며 별 상관도 없는 주제를 이리저리 떠벌리더니, 갑자기 중심으로 이끌고 간 뒤에 마지막에 슬쩍 기습하고 가버렸다. 무엇을 하려는지 전혀 예상하지 못하게 정신을 혼미하게 만들어놓고 날카로운 비수로 뒤에서부터 찌른 것이다.

애초부터 불리한 고지에서 시작한 피월려가, 처참하게 깨진 것이 어찌 보면 당연했다.

피월려는 점차 마음을 옥죄는 자괴감에 몸을 돌돌 말면서 머리를 쥐어박았다.

이대로 머저리처럼 당하고 있을 수는 없다.

피월려는 심력이란 심력은 전부 끌어다가 용안심공으로 활용하여, 방금 나눈 대화를 마치 눈앞에서 재현이라도 하듯 선명하게 기억해 내었다. 그리고 그것을 수십, 수백 번을 반복하며 조금이라도 가능성이 높은 해법을 찾아내기까지, 생각하는 것을 멈추지 않았다.

그는 그렇게 다음 날 정오가 되도록, 침상 위에서 일어나지 않았다.

제 삼십삼 장(第三十三章)

피월려는 지부로 돌아왔다. 흑설은 홀로 연무장에 가서 수련을 하고 있었고, 진설린만 그를 홀로 방에서 기다리고 있었다.

남녀는 방에 남겨졌고, 그들의 마음이 동했다.

정오의 운우지락(雲雨之樂)은 색달랐다. 마법으로 강화된 진설린의 음기와 역화검으로 강화된 피월려의 양기가 진하게 서로를 탐하며 동화되었고, 그것은 전과 비교할 수 없는 음양의 조화를 만들어냈다.

아침 수련을 마친 흑설이 언제고 들이닥칠 수 있기 때문에 피월려와 진설린은 깊이 집중할 수 없었다. 그들은 수시로 귀를 기울여 행여나 누가 찾아오지 않나 걱정했다. 그런데 거기서 오는 묘한 긴장감은 또 다른 쾌락이 되어 그들의 운우지락을 도왔다.

그들은 그렇게 조마조마해하며 음양합일을 끝마쳤다.

"월랑의 양기가 곱절은 증가한 것 같아요. 혹시 무리해서 극양혈마공을 운용하시는 건 아닌가요?"

진설린이 걱정스러운 어투로 말했다. 피월려는 그녀의 머리를 쓰다듬으며 다정하게 말했다.

"걱정하지 마시오. 최근에 깨달음이 있어서 그런 것일 뿐이오."

피월려는 진설린에게 역화검에 대해서 말하고 싶지 않았다. 미내로와의 약속 때문에 그녀에게 말할 수 없는 부분들이 많이 있는데, 역화검에 대해서 설명하다 보면 그 약속을 어길 수 있기 때문이다.

진설린은 방문으로 시선을 돌렸다.

"연무장에 한번 가보세요. 흑설이가 올 때가 됐는데, 소식이 없네요."

가슴 한편으로는 흑설이 오지 않아 계속 걱정이 된 모양이다. 피월려는 흐트러진 옷을 정돈하면서 말했다.

"알겠소. 한번 나가보겠소."

"아, 잠시만요."

막 나가려는 찰나, 피월려가 진설린을 돌아보았다.

"왜 그러시오?"

"다름이 아니라, 오늘 제가 본가에 가게 될 것 같아요."

"본가라면, 황룡무가 말이오?"

"네."

피월려는 의문이 들었다. 그녀는 아버지를 팔아 황룡무가의 울타리를 벗어났다. 그리고 황룡무가는 봉문하게 되었다. 진설린이 황룡무가에 가고 싶어 하지도, 그쪽에서 그녀를 반기지도 않을 텐데, 왜 간다고 하는 것인가.

"무슨 일로 방문하시오?"

피월려의 질문에 진설린은 순순히 대답했다.

"혼사(婚事)요."

뜻밖의 말에 피월려가 놀라 되물었다.

"혼사?"

"제가 입교하기 전에 아버지께서 여기저기 제 혼사를 거론하셨나 봐요. 그런데 일이 이렇게 돼서……. 혼사 문제를 해결하려면 제가 직접 얼굴을 보일 필요가 있다고, 서화능께서 본가에 방문하라고 하셨어요."

황룡무가는 오대세가 중 하나로, 낙양의 태수조차 매년 문안을 올 정도로 강력한 가문이다. 가까운 곳에 구파일방 중

제일인 소림파가 있지만 그들은 세속적인 일에 관여하지 않기 때문에, 황룡무가야말로 실질적인 낙양의 지배자라 할 수 있다. 그리고 하남성의 중심인 낙양을 지배한다는 것은 곧 하남성 전체에 매우 큰 영향력을 가졌다는 말과 동일하다. 그러니 황룡무가가 하남성 전체에서 가장 영향력이 큰 무림방파라 해도 과언이 아니다.

따라서 황룡무가의 여식인 진설린의 혼사 문제는 전 중원에 있는 명문명가에서 거론되는 중요한 문제였다. 유명한 무림방파뿐 아니라 관(官)의 가문들조차 한 번쯤은 거론될 정도니, 그 중요성은 두말할 필요가 없었다. 게다가 그들의 정보력으로 진설린이 천음지체라는 비밀까지 알고 있던 자도 수두룩했으니, 많은 가문에서 탐낼 만한 혼사였다.

진설린의 혼사는 단순한 약속이 아니라, 거대 가문들 간의 협약이라 생각하는 것이 옳다. 그것을 해결하려면 진설린 본인이 직접 얼굴을 비추는 정도의 예의를 차려야 한다.

피월려는 진설린이 그녀의 가문을 원망하는 것을 잘 알고 있었기 때문에, 걱정하지 않을 수 없었다.

"괜찮겠소?"

진설린은 의외로 아무렇지 않게 대답했다.

"괜찮아요. 본가가 봉문했음에도 제 혼사를 따지러 온 자들은 십중팔구 제 몸뚱이가 필요한 자들이에요. 혹은 혼사를 빌미로 이미 이것저것을 취한 황룡무가에게 직접 시시비비를 가리고자 하는 사람들이죠. 건강을 되찾은 모습을 보이면 끝날 일이에요."

"……."

"사실 나들이 가는 기분이에요. 오랜만에 본가에 들러 구경이나 하려고요. 가보고 싶은 곳이 참 많았는데, 이참에 모두 둘러보고 올 생각이에요."

쾌활하게 대답하는 진설린의 말속에는 슬픈 진실이 숨겨져 있다. 그녀는 자기 집 안에서조차 가보고 싶은 곳이 있을 정도로, 방 안에 갇힌 생활을 할 수밖에 없었다는 것이다.

피월려로서는 천음지체의 몸으로 어린 나이부터 감옥과도 같은 생활을 한 진설린이 다시 한번 측은하게 느껴지는 순간이었다. 그는 애써 본심을 숨기고 미소를 지었다.

"좋은 생각이시오. 언제쯤 다시 올 것 같소?"

진설린은 검지로 입술을 매만지며 고민하더니 곧 대답했다.

"아마 하루에서 이틀 안에는 올 거예요. 이제 이틀 정도는 문제없잖아요?"

"격렬한 전투만 하지 않으면 삼 일도 상관없소. 그러니 마음 놓고 잘 다녀오시오."

"네."

"그럼 흑설이를 찾아오겠소. 혹 그 전에 나가시오?"

"흠… 모르겠어요. 오셨을 때 제가 없으면 본가에 갔다고
생각하시면 돼요."

"알겠소."

"그럼 다녀오세요."

피월려는 그녀의 인사를 뒤로하고 방문을 나섰다.

*   *   *

피월려는 연무장에 도착했다.

다행히도 흑설은 연무장에 있었다. 그녀는 피월려로부터 뒤
돌아 앉아 있었고, 그녀의 앞에는 주소군이 마주 앉아 있었
다. 주소군이 그녀에게 무공에 관해서 이것저것 설명을 해주
고 있는 듯 보였다.

주소군이 피월려를 발견하고 그에게 눈길을 돌렸을 때, 피
월려는 손가락으로 입을 가리는 시늉을 하고는 기척을 죽였
다. 가르침을 방해하고 싶지 않다는 피월려의 신호를 이해한
주소군은 앞에 있는 흑설에게 계속해서 설명하며 피월려가
연무장에 온 티를 내지 않았다. 흑설을 위해서 그런 것도 있
지만, 사실 피월려로서는 주소군의 가르침이 어떤지 확인하고
싶은 부분도 있었다.

피월려는 흑설의 뒤에 몰래 앉아 주소군의 가르침을 같이

엿들었다. 그가 뒤에 있는지는 꿈에도 모르는 흑설이 주소군의 설명을 듣고는 질문했다.

"남자는 왜 여자보다 강해요?"

주소군이 대답했다.

"남자는 양(陽), 여자는 음(陰)인 건 알죠?"

"네."

"살아 있는 것은 양, 죽은 것은 음인 것도 알죠?"

"네."

"그러니까, 살아 있는 남자는 살아 있는 여자보다 강한 거예요."

"……"

"같은 이유로 죽은 여자는 죽은 남자보다 강하죠. 귀신에 관한 이야기는 대부분 여자잖아요? 여자의 한(恨)이 남자의 한보다 더 깊은 것도 같은 이유고요."

"우와… 그러네요?"

"음양만 놓고 봤을 때, 남자는 여자보다 더 살아 있고, 여자는 남자보다 더 죽어 있어요. 간단한 논리죠."

"흐음, 그러면 살아 있는 여자는 살아 있는 남자를 이길 수 없나요?"

"내공이 없으면 힘들어요. 그러나 내력이 있으면 가능해지고, 내력의 성취가 높으면 높을수록 여자와 남자의 차이가 점차 줄어들죠. 설이 생각에는 왜 그런 것 같아요?"

주소군은 여전히 존댓말을 사용했다. 그러나 혹 소저에서 설이라고 칭호를 바꾼 것만으로도 비약적인 발전이다.

흑설은 조금 고심한 끝에 나지막하게 대답했다.

"모르겠어요, 헤헤."

어린아이다운 귀여운 대답이었다. 주소군은 살포시 웃으며 설명해 주었다.

"내력이란 사람이 마음대로 사용할 수 있는 기(氣)예요. 그리고 기는 음식 같은 거예요. 남자가 여자보다 힘이 센 이유는 음식을 더 많이 먹어서 그렇거든요. 더 많은 음식을 더 많은 힘으로 바꿀 수 있으니까 남자가 여자보다 강한 거예요. 하지만 내공을 사용하면 여자도 많은 기를 먹어서 많은 내력으로 바꿀 수 있어요. 남자보다 더 많이요. 그러니까 내력이 많아지면 여자라도 남자보다 더 많은 음식을 먹고 더 많은 힘을 낼 수 있게 되는 것과 똑같은 거죠."

"그, 그러면 내력을 많이 쌓으면 살쪄요?"

아이의 순수함에 피월려는 간신히 웃음을 참았다. 주소군은 작은 미소를 짓는 것으로 좀 더 능숙하게 대처했다.

"걱정하지 마세요. 내력은 살 안 쪄요."

"그럼 다행이네요. 예화 언니가 여자는 살찌면 안 된다고 했어요. 그건 호랑이가 자기 이빨을 뽑아내는 것과 같다고 그랬어요. 잘못된 건 아니지만, 어리석은 행동이라고요."

"그거… 좋은 표현이네요. 예화라는 분이 돌아가시지 않으셨다면 분명 좋은 친구가 될 수 있었을 것 같아요."

"응! 분명히 그럴 거예요, 헤헤."

주소군은 갑자기 표정을 굳히며 말했다.

"자! 다시 집중하세요."

"네!"

"내공은 자연에 퍼져 있는 공기를 흡수하여 자기의 기운으로 바꾸는 방법을 말해요. 자기의 몸에서 생성된 기운을 또 다른 말로 내력이라 하죠. 그러다 보니까 남자의 내력과 여자의 내력도 다르게 돼버려. 남자의 몸은 양으로 조금 치우쳐져 있고, 여자의 몸은 음으로 조금 치우쳐져 있으니까요. 그래서 남자에게는 남자에게 알맞은 내공이 필요하고 여자에게는 여자에게 알맞은 내공이 필요해요."

"흐응……"

"그래서 피 형은 피 형이 익히지 않은 걸 설이에게 가르쳐 준 거예요. 그것이 여자한테 어울리는 거니까요."

"그렇구나. 그러면 난 월려 아저씨의 내공은 못 배우는 거네요?"

"못 배우는 건 아니지만, 어리석은 거죠. 마치 일부러 살찌는 것과 같은 거예요."

"아… 이해했어요."

"혹시 또 다른 질문이 있나요?"

"그… 그, 중(重), 쾌(快), 환(幻)? 그리고 심(心), 기(氣), 체(體)? 이게 이해가 안 가요."

그 개념은 성인에게 가르쳐도 어려운 것이다. 피월려는 내심 주소군이 어떻게 어린아이인 흑설에게 가르쳐 줄지 궁금했다.

주소군은 한동안 말을 하지 않으며 깊이 고심했다. 그러고는 곧 흑설과 눈을 마주치며 천천히 이야기해 주기 시작했다.

"폭력(暴力)이 뭔지 아세요?"

피월려로서는 전혀 예상치 못한 첫 질문이다. 흑설도 그와 같은 마음이었는지 살짝 놀란 것 같았다.

"무엇인지야 알죠. 그런데 그게 왜요?"

"무공의 무(武)는 폭력의 폭(暴)과 본질적으로 같아요. 사람마다 사상의 차이가 있겠지만, 결국 그 둘이 말하는 바는 나 이외의 것에 피해를 입히는 거예요. 나 이외에 것에 피해를 입히는 행동, 거기에는 세 가지 요소가 있죠."

"그게 뭔데요?"

"얼마나 강하게. 얼마나 빠르게. 얼마나 정확하게."

"……."

"중(重)이란 얼마나 강하게 피해를 입히는가. 쾌(快)란 얼마나 빠르게 피해를 입히는가. 환(幻)이란 얼마나 정확하게 입히는가. 이 간단한 물음에서부터 시작하는 거예요."

흑설은 입을 살짝 벌렸다. 우습게도 피월려조차 그 명쾌한 해석에 탄성을 지르고 싶었다.

주소군이 계속 설명했다.

"중에 속하는 것은 파괴력, 살상력, 투과력, 관통력 등이 있고, 쾌에 속하는 것은 속력, 가속력, 순발력, 탄력 등이 있고, 환에 속하는 것은 정확성, 정밀성, 효율성, 다양성이 있어요."

"조, 조금 어려워요."

"괜찮아요, 천천히 설명해 줄게요. 중이 가장 이해하기 쉬우니 중부터 설명해 줄게요. 가벼운 나뭇가지가 있고, 무거운 돌이 있어요. 이 둘이 똑같은 높이에서 똑같은 속도로 똑같이 흑설의 발등 위에 떨어져요. 뭐가 더 아플까요?"

"돌이요."

"그거예요. 쉽죠?"

"그러니까 돌이 나뭇가지보다 더 중(重)하다는 건가요?"

"네."

"……."

"쾌도 어렵지 않아요. 똑같은 나무 회초리로 엉덩이를 맞아요. 그런데 한 번은 살짝 때리고 한 번은 크게 휘둘러서 때려요. 뭐가 더 아파요?"

"크게 휘둘러서 때린 거요?"

"왜요?"

"그야… 그게 더 빠르니까요."

"정답! 설이는 참으로 똑똑하네요."

"그, 그런가요?"

"그럼 마지막으로 환을 설명할게요. 환은 조금 어려울 수 있으니 자세히 들어야 해요."

"네."

"똑같은 나무 회초리로 똑같은 속도로 때려요. 하지만 머리를 때리는 것과 손바닥을 때리는 것 중 뭐가 더 아플까요?"

"머리가 아프겠죠?"

"한 번 때리는 것과 두 번 때리는 건요?"

"두 번이요."

"여기저기 때리는 것과 때린 곳을 또 때리는 거는요?"

"때린 곳에 또 때리는 거요."

"잘 아네요. 그게 환이 말하는 부분이에요."

"……"

"중(重), 쾌(快), 환(幻). 참 쉽죠?"

"흐응… 이해는 했는데, 정말로 그게 다예요?"

"네."

"소군 선생님이 그렇다면야……."

"그럼 심(心), 기(氣), 체(體)로 넘어갈게요."

"아, 네."

"심(心), 기(氣), 체(體)도 어렵지 않아요. 방금 설명한 중(重), 쾌(快), 환(幻)은 회초리를 맞는 사람의 입장에서 폭력을 설명한 거예요. 그러나 지금 말하는 심(心), 기(氣), 체(體)는 회초리를 때리는 사람의 입장에서 폭력을 설명하는 거예요."

"때리는 사람의 입장에서요?"

"들어보면 알 거예요. 일단 체(體)에 대해서 설명할게요. 회초리를 때리는 사람이 예화인 것과 피 형인 것. 어느 것이 더 폭력적인가요?"

"월려 아저씨죠."

"왜요?"

"남자니까요. 더 힘이 세잖아요."

"다른 말로 하면, 육체가 다르다는 거죠."

"네?"

"어른이 때리는 것과 아이가 때리는 것 중 뭐가 더 폭력적인가요?"

"어른이요."

"어른이 더 세니까?"

"네."

"그것 역시도 육체가 다르기 때문이라고 설명할 수 있어요.

그러니까 육체가 다르다는 게 더 객관적인 설명이에요."

"히잉……. 어려워요."

"쉽게 생각해요. 몸 크기가 큰 사람이 더 세다는 말이에요."

"그건 알죠."

"그건 가장 기본적으로 힘을 내는 것이 뼈와 근육이기 때문이에요. 뼈와 근육은 우리가 먹은 음식을 기반으로 폭력을 생성하는 것이죠."

"음식을 기반으로 폭력을 생성한다는 게 무슨 말이에요?"

"나무를 태우면 불이 생기죠?"

"네."

"그거랑 똑같은 거예요. 근육은 우리가 먹은 음식을 태워서 힘을 만들어요. 그리고 그 힘은 폭력이 되는 것이고요. 이해가 돼요?"

"아… 네."

"그러니까, 얼마나 좋은 뼈와 근육을 가졌는가는 중요한 요소예요. 무림인들은 그것을 체(體)라고 불러요. 근육을 통해서 만든 폭력을 다루는 기술을 체술(體術)이라고 칭하고, 검이나 창, 혹은 권처럼 특정한 방법을 가지고 검법, 창법, 혹은 권법 이렇게 부르죠."

"오… 그렇구나. 그러면 기(氣)는 뭐예요?"

"인간은 근육 말고도 힘을 생성할 수 있는 것을 또 하나 가지고 있어요. 그것을 기(氣)라고 부르는데, 이는 근육이 아니라 폐와 심장에서 생성되는 것이죠. 이것은 음식 말고 다른 것을 기반으로 하고 있는데 무엇인지 알아맞혀 봐요."

"······."

흑설이 이마를 마구 비비며 고심하자, 그 모습이 귀여웠는지 주소군이 작은 실마리를 주었다.

"음식도 우리가 항상 먹어야 하는 것이죠. 이것 또한 우리가 매일 마셔야 돼요."

"아! 공기!"

"헤에?"

"맞아요? 맞아요?"

"네에."

"야호! 에헤헤."

흑설인 기분이 좋은지 맑은 웃음소리를 멈추지 않았다. 머리를 한번 쓰다듬어 줄 법하건만, 주소군은 그 모습을 흥미롭게 볼 뿐 다가갈 생각을 하지 않았다.

결국 주소군은 흑설이 머쓱하게 웃음을 멈춰서야, 말을 시작했다.

"공기에서부터 오는 힘은 막강해요. 음식과 다르게 우리는 찰나도 숨 쉬는 것을 멈추지 않아요. 그럼에도 불구하고 공기로부터 얻는 힘은 매우 적죠. 그 이유는 마신 숨을 대부분 그냥 내쉬어 버리기 때문이에요. 내공은 폐와 심장을 깨끗하게 하여 공기의 기운을 모두 흡수하고, 몸속에 기혈을 만들어 몸에 운반되는 공기의 양을 비약적으로 상승시켜 내력을 생성하죠. 외공은 만들어진 내력을 다시 기혈로 운반하여 강력한 폭력으로 승화시키고요. 이 둘을 같이 묶어서 기공(氣功)이라 불러요."

"조금 어렵지만… 그래도 대강 이해했어요. 음식이랑 같은 건데 공기만 다른 거잖아요?"

사실 흑설이 말한 것보다는 훨씬 깊은 내막이 있다.

공기에서 힘을 흡수하는 방법이나 그것을 운반하는 능력은 원래 인간에게 없는 것이다. 의도적으로 없는 단전을 만들고 없는 기혈을 만들어 하는 것이기 때문에 매우 비현실적이다. 따라서 기공은 체술보다 훨씬 어려우며 추상적인 부분이 가득하고, 수많은 부작용이 존재한다.

하지만 주소군은 그것을 하나하나 설명하고 싶지 않았다. 설명해도 흑설은 일 할도 이해하지 못할 것이 분명하다.

주소군이 말했다.

"잘 이해했네요. 기공은 기를 기반으로 폭력을 생성하는 걸 말하는 거예요. 자, 그럼 심(心)은……."

그가 말하기 전에 흑설이 재빨리 말을 가로챘다.

"마음을 기반으로 폭력을 생성하는 거요!"

지금까지 논리상, 무언가를 기반으로 폭력을 생성하는 것은 분명한데 심(心)이라 했으니 그 무언가를 마음이라 예상한 것이다.

주소군은 고개를 살짝 끄덕였다.

"맞아요. 하지만 좀 더 정확한 표현은 생각이죠."

"생각? 생각을 기반으로 폭력을 생성한다고요?"

"사실 심은 그보다 좀 더 깊은 개념이에요. 생각을 기반으로 폭력을 생성하는 것이 아니라, 폭력을 생성하는 이유 자체가 생각에 있어요. 즉, 폭력의 목적 그 자체가 생각에 있기 때문에 심은 체, 기보다 더욱 근본적인 것이죠."

"흐응……. 좀 더 쉽게 설명해 주세요."

"흐음, 이건 저도 완벽하게 이해하지 못해서 어렵네요. 저도 제대로 심공 하나를 익힌 것이 없거든요. 그 대신 피 형이 설명해 줄 수 있을 거예요. 피 형은 용안심공을 익히고 계시니까요. 그렇죠, 피 형?"

주소군의 말과 어긋난 시선에 흑설은 서서히 뒤를 돌아보았고, 뒤에서 그녀를 포근한 눈빛으로 바라보는 피월려를 발견했다.

"어! 월려 아저씨!"

"안녕? 잘 있었어?"

"언제부터 있던 거예요?"

"이제 막 도착한 거야."

"우아! 거기 있는지 전혀 몰랐어요. 나 속인 거죠!"

"하하하, 미안. 주 형의 가르침을 멈추고 싶지 않아서."

피월려는 흑설을 번쩍 안아들어 품에 안았다.

"까르르르……."

흑설은 순수하게 웃었고, 피월려는 곧 내려주었다.

"어서 와요, 피 형."

주소군의 인사에 피월려가 살포시 포권을 취했다.

"안녕하시오, 주 형. 이렇듯 흑설에게 선의를 베푸시니 감사할 따름이오."

"헤에? 약속이 있었는데, 약속 상대가 약속을 지키지 않아서 따분하던 참이었어요. 그러니 신경 쓰지 마세요."

"……."

"괜찮아요. 그 약속 상대는 약속을 잘 안 지키거든요. 전 익숙해요."

명백히 비꼬는 것이다. 피월려는 헛기침을 하며 대답했다.

"크흠… 미안하오. 내가 이런저런 일이 있느라, 수련을 뒷전으로 할 수밖에 없었소."

"개의치 않아요. 일이 없는 제가 잘못이죠. 일이 많아서 못 놀아주는 사람이 잘못인가요?"

"……."

말투는 확연히 다르지만, 이상하게도 주하가 생각이 난다. 둘이 같은 핏줄이니 당연한 건가?

"월려 아저씨! 심에 대해서 설명해 주셔야죠!"

얼떨떨한 표정을 짓고 있는 피월려의 아래에서 흑설이 그의 옷깃을 마구 잡아당겼다. 피월려는 표정을 풀고는 자리에 앉았다. 그리고 품 안에 흑설을 앉히고는 그녀의 목에 난 땀자국을 손으로 쓸며 지웠다.

"심이라. 조금 생각해 봐야겠는데."

"설명해 줘요!"

재촉하는 흑설 때문에 피월려는 곤란한 표정을 지었다. 그러나 계속 칭얼거리는 터라 하는 수 없이 일단 말을 시작하고 봤다.

"흐음, 심이란 건……. 간단히 말하면 하고 싶은 거야."

"하고 싶은 거라뇨? 밥 먹고 싶고, 쉬고 싶고 뭐 그런 거요?"

"아니, 하고 싶은 거 그 자체."

"네?"

"그러니까, 애초에 '하고 싶다'라고 생각하는 그 자체를 심이라고 말하는 거지."

"그게 뭐예요. 이상해."

"예를 들면, 돌은 뭔가 하고 싶어 하지 않잖아? 항상 가만히 있을 뿐이지. 그에 반면에 동물이나 곤충들은 뭔가를 하고 싶어 하지. 그 이유는 돌은 마음이 없는 것이고 동물이나 곤충은 마음이 있는 것이지."

"후웅… 그건 알겠어요."

"무공에서 말하는 마음이란, 누군가를 해치고 싶다는 생각이겠지. 투기나 살기, 뭐 이런 거. 무공은 다른 말로 남을 해치는 기술이니까."

"네에."

"그러나 아무리 사람이 남을 해치고 싶다고 생각해도, 스스로 자제하는 부분이 있어. 왜냐하면 남을 해치는 것을 좋아하는 사람은 없으니까."

"있는데요?"

"응?"

"있어요. 남을 해치는 것 좋아하는 사람. 우리 아버지는 나를 볼 때면 항상 때리는 걸 좋아했는데요."

"……."

"……."

흑설의 목소리는 전혀 변함이 없이 순수했다. 마치 오늘 아침 있었던 일을 말하는 것과 같았다. 고통스러웠을 기억임이 틀림없지만, 그것을 고통스럽다고 인식조차 하지 않는 것이다.

순간 주소군과 피월려의 눈빛이 마주쳤다. 미묘한 시선을 주고받은 그들은 약속이라도 한 듯 고개를 돌렸다.

피월려가 투박하게 말했다.

"그런 것 말고."

"그러면요?"

"흐음… 나는 폭력의 이유에 대해서 말하는 거야. 인간이 인간에게 해를 끼치는 것은 잡아먹기 위해서 그런 것이 아니지. 사람은 사람을 먹지 않으니까. 그런데 왜 사람은 사람에게 폭력을 휘두를까?"

"그, 글쎄요?"

"그건 바로 두렵기 때문이야."

"두려워요?"

"사람은 나의 두려움을 극복하기 위해서 남을 해치는 것이야. 그리고 그 두려움은 자기가 언젠간 죽는다는 사실에서 나타나는 본능이고. 하지만 남을 해치는 것 자체도 언젠간 다 돌아오게 마련이야. 그것을 인과응보(因果應報)라고 하지. 바닥을 한번 쳐볼래?"

"바닥을? 지금요?"

"응. 최대한 강하게."

흑설은 이해하지 못했다는 표정을 지었지만 곧 피월려의 말을 믿고 바닥을 세게 내려쳤다. 그러자 뼈를 울리는 듯한 고통이 느껴지는지, 흑설은 얼굴을 찡그리며 손을 매만졌다.

"아앗! 아프잖아요."

피월려는 그녀의 투정에는 전혀 관심을 두지 않고 차가운 표정을 지으며 낮은 어조로 말했다.

"명심해라. 무언가에 피해를 입히기 위해서는 그만큼 자기도 같은 피해를 입는 것을 각오해야 한다."

"……"

그것은 무림의 절대적인 법칙과 일맥상통한다.

무림인은 무림인을 죽일 수 있지만, 그 대신 다른 무림인에게 죽임당하는 것을 각오해야 한다.

피월려는 말을 이었다.

"인과응보는 이 세상의 진리다. 네 작은 주먹으로 이 바닥을 치는 것에도 한 치의 오차 없이 적용이 되지. 내가 아까 말한 사람이 남을 해치기 싫어하는 이유가 바로 여기 있다. 그 책임을 떠안기 싫어하기 때문이야."

"남을 해쳤다가 자기도 해침을 당할까 봐요?"

"그래. 정확히 이해했구나."

"그럼 그거랑 심이랑은 무슨 상관인데요."

"인간 또한 이 세상에 속한 것이기 때문에, 이 인과응보에서 벗어날 수 없다. 그래서 인간의 마음에는 폭력을 통제하려는 마음도 있지. 때문에 아무리 무서운 희대의 살인마라도 이성을 가지고 있는 한, 자기의 폭력을 통제한다. 무림인들도 허투루 사람을 죽이지 않는다. 다들 자기만의 기준을 가지게 되고, 그것을 지키면서 살지. 즉, 인간이라면 어떤 식으로든 자기의 폭력을 다스리려 한다는 거야. 심, 기, 체에서 심이란 이 부분을 말하는 거야. 똑같은 검객이 똑같은 검을 똑같이 휘둘러도, 어떤 마음과 의지를 가지고 휘두르는가에 따라서 전혀 다른 검격이 된다. 체란 음식을 기반으로 힘을 생성하고, 기란 공기를 기반으로 힘을 생성한다고 했지. 그러면 심은… 의지를 기반으로 힘을 생성한다고 보면 되겠구나."

"뭐야, 너무 어려워요. 이상해."

흑설의 짧은 감상평에 피월려는 어처구니가 없었다. 도대체 이보다 더 쉽게 어떻게 설명하라는 것인가? 그는 불가능하다고 생각했다. 하지만 주소군은 그의 생각이 틀렸다는 것을 손수 증명해 주었다.

주소군이 말했다.

"설이는 예화에게 맞은 적이 있나요?"

흑설은 갑자기 말을 건네는 주소군을 돌아보며 대답했다.

"네."

"왜요?"

"제가 잘못해서, 회초리를 들었었어요."

"아버지한테는 왜 맞았죠?"

"제가 태어나지 말았어야 했대요. 매번 그냥 죽으라고 하던 걸요, 뭐."

피월려는 흑설이 다시 한번 측은해져 자기도 모르게 그녀의 양어깨를 감싸 안았다. 반면 주소군은 자신의 본분을 잊지 않고 계속해서 설명했다.

"그 두 사람은 똑같이 흑설을 때렸지만 전혀 똑같지 않았어요, 그렇죠?"

"네."

흑설은 즉각 대답했다. 따라서 둘의 차이점을 분명히 안다고 생각한 주소군은 살포시 미소를 지으며 말을 끝맺었다.

"바로 그거예요. 예화나 설이의 아버지가 같은 힘으로 같은 회초리로 같은 속도로 때렸다고 해도, 그 둘은 분명히 다른 폭력이에요. 분명 설이 아버지의 매가 훨씬 더 아프고 잔인하고 더욱 죽음으로 몰아가는 매일 것이에요."

"아……."

"무림인은 그 차이를 심으로 표현하는 거예요."

흑설은 한동안 손가락을 입술로 가져가 손톱을 잘근잘근 씹으며 그의 말도 같이 곱씹었다. 그러고는 홱 하고 돌아서 피월려를 올려다보며 말했다.

"아저씨는 스승님으로는 영 안 좋은 것 같아요. 소군 선생님은 저렇게 잘 가르치는데……."

피월려는 모든 것을 포기한 사람처럼 한숨을 쉬며 무성의하게 말했다.

"뭐, 인정 안 할 수가 없네. 그래, 그래. 네 말이 맞다. 내가 나쁜 스승이다."

"그쵸? 내가 머리가 안 좋은 게 아니에요. 월려 아저씨가 잘못 가르치신 거라고요."

온갖 잡다한 마공과 미용서를 참고하여 현 상황의 흑설에게 가장 알맞은 수련 방법을 개발하기까지 걸린 수고와 노력은 이루 말할 수 없었다. 그뿐이랴. 무공의 무 자도 모르는 흑설에게 그것을 모두 설명해 주고 가부좌까지 할 수 있게 만든 성의는 진짜 스승이라도 해도 못 해줄 정도로 엄청난 것이다.

그런데 그걸 하루아침에 부정하다니.

피월려는 속에서부터 화가 치솟듯 올라오는 것을 간신히 참아내었다. 사실 이런 어린아이에게 심, 기, 체니 중, 쾌, 환이니 하는 것을 바르게 이해시킨 주소군의 천재성 앞에서는 누구의 노력도 무의미할 것이다.

가르치는 재능조차 이리도 차이가 날 줄이야. 질투가 난다기보다는 그냥 허망한 기분이 들었다.

피월려는 헛웃음을 지으며 자리에서 일어났다.

"이제 방으로 가봐야지. 정오가 한참 지났다. 점심을 먹어야 하잖아?"

흑설은 갑자기 매우 소중한 것을 잃어버린 것처럼 극도로 안타까운 표정을 지으며 몸을 배배 꼬았다.

"아! 맞아! 밥시간이 지났어! 어떡해! 소군 스승님이 너무 잘 가르쳐 주셔서 그래요. 감사합니다."

주소군에게 배꼽 인사를 하는 혹설을 보는데, 왜 이리도 스승님이란 단어가 귀에 맴도는지 알 수 없었다.

피월려는 애써 머릿속에서 그 환청을 지우며 주소군에게 말했다.

"주 형, 혹설에게 가르침을 내려주셔서 감사드리오."

주소군이 몸을 일으키며 손을 내저었다.

"아니에요. 저도 재밌어서 한 일이에요. 설이도 그만 일어나세요."

"그럼 다음에 또 보는 거죠? 또 가르쳐 주시는 거죠?"

"헤에, 글쎄요. 그건 피 형한테 달렸죠. 다음번엔 약속을 지키실 건가요?"

피월려는 능구렁이처럼 질문을 슬쩍 넘기는 주소군이 이상하게 얄미웠다.

"크흠. 내일은 꼭 오도록 하겠소. 그때 밀린 수업을 합시다."

주소군은 가벼운 발걸음으로 몸을 돌리며 눈웃음을 흘렸다. 그리곤 걸어 나가면서 마지막 말을 흘렸다.

"너무 부담 가지고 오진 마세요. 별로 기대 안 할게요."

해석하기 따라선 참 여러 가지로 들릴 수 있는 말이다

"아, 아하하……. 그거… 참……."

피월려가 머쓱해하는 사이, 흑설이 양손을 마구잡이로 흔들면서 인사했다.

"잘 가세요."

그녀의 목소리를 들었는지 주소군이 살짝 얼굴을 돌려 말했다.

"네."

짧은 인사를 뒤로 주소군은 연무장에서 사라졌다. 그리고 피월려와 흑설도 곧 연무장을 떠났다.

*   *   *

진설린은 방에 없었다. 그녀가 말한 대로 황룡무가에 간 듯싶었다.

피월려는 흑설과 함께 점심을 먹고 나서 침상에 앉아 가부좌를 틀고 무아지경에 빠졌다. 그의 취미도 특기도 오로지 무공 수련이니, 좁은 방 안에서 할 수 있는 수련이라고는 그것밖에 없었다.

흑설은 방에 가득한 인형의 바다에서, 어디 있다가 나왔는지 모르는 아루타와 함께 술래잡기를 했다. 그녀는 마치 헤엄을 치듯 인형 속을 헤집으며 아루타의 꼬리를 잡기 위해 안간

힘을 썼다. 술래잡기가 무엇인지 전혀 이해하지 못하는 아루타와 놀기 위해서는 자기가 술래를 할 수밖에 없다는 사실이 못내 서럽기도 했지만, 그녀는 꿋꿋이 아루타의 꼬리를 쫓았다. 아루타의 입장에서는 웬 이상한 인간이 자꾸만 귀찮게 하는 것을 요리조리 피하는 것뿐이었다.

그러다 보니 피월려의 머리 위가 자연스럽게 마지막 선택지가 되었다. 피월려의 수련을 방해하지 않으려는 흑설은 그의 가까이에 가려 하지 않았고, 그것을 아루타가 눈치챈 것이다.

꼬리를 몸에 말고 양팔을 교차시켜 머리를 기댄 아루타의 눈빛은 매우 지쳐 있었다. 흑설은 침상으로 최대한 조심히 올라와 살포시 손을 뻗어 아루타를 잡으려 했고, 아루타는 피월려의 머리를 힘껏 차면서 반대편으로 넓게 도약했다.

정신을 아무리 집중하려 해도 도저히 할 수 없었던 피월려는 한숨을 푹 내쉬면서 눈을 떴다.

"죄, 죄송해요."

피월려가 뭐라 말하기도 전에 흑설이 손을 만지작거리며 중얼거렸다. 시선을 회피하는 그 모습은 화도 나지 않게 만들었다.

"괜찮아. 내력을 운행하는 거 말고도 할 일이 있으니 마음 쓰지 않아도 돼."

"그럼 계속 아루타랑 놀아도 돼요?"

"웅. 마음 편히 놀렴."

흑설의 아버지에 대해서 단편적으로 들은 것이 지금도 마음에 걸린다.

피월려는 가부좌를 풀고 편하게 몸을 누이면서 옆에 수북이 쌓여 있는 책자 중 극양혈마공을 꺼내 들었다. 이미 달달 외울 정도로 읽었지만, 무공이란 심오하기 짝이 없어 언제 새로운 것이 보일지 모른다.

그렇게 별 의미 없는 시간이 흐르고, 흑설은 지쳤는지 바닥에 누워 잠들었다. 그녀는 아루타를 부둥켜안고 있었는데, 아루타도 눈을 감고 있는 것을 보니 그녀와 함께 잠을 자고 있는 듯했다.

가끔씩 피월려가 책장을 넘기는 소리만이 방 안에 울렸다. 피월려도 서서히 졸음이 찾아오는지라, 글자만 읽었다 뿐이지 내용은 하나도 머릿속으로 들어오지 않았다. 그의 눈꺼풀이 서서히 감기기 시작했고 자세가 무방비로 풀어졌다.

[주하입니다, 피 대원.]

피월려는 갑자기 들린 전음에 눈을 껌뻑이며 대답했다.

"무슨 일이시오?"

[일대주께서 찾으십니다.]

"박 대주께서? 무슨 일이오?"

[저번에 피 대원께서 내신 의견에 대해서 결론이 난 듯합

니다.]

"그렇소? 지금 가야 하는 것이오?"

[예.]

"알았소."

피월려는 하품하며 눈을 비볐다. 그리고 방 안에 잔뜩 어질러진 인형을 하나둘씩 헤치면서 방문을 통해 복도로 나갔다.

피월려는 이제는 익숙해져 버린 복도를 걸었다. 처음엔 길도 많이 잃어버리곤 했는데, 복도가 친숙하게 느껴지면서부터 어쩐지 길을 잃어버리지 않게 되었다. 마치 이 복도를 경계하는 마음이 그로 하여금 길을 잃어버리게 만들었던 것 같다. 이제는 뭐랄까 너무나도 친숙하여 집처럼 느껴지기까지 했다.

주소군의 말에 의하면 그와 천서휘는 생로가 아닌 사로로 거침없이 다닌다고 말했다. 마음을 빼앗기지 않을 강한 정신력만 있으면 아무런 문제가 없다고 했었다. 피월려는 그 말이 어떤 것인지 대강 이해했다.

이계에서 만난 청신악이 말한 적 있다. 온전히 믿는 것은 의심을 하지 않는 것을 넘어서 애초에 생각조차 하지 않는다고. 천서휘나 주소군은 애초에 여기서 길을 잃어버릴 것이란 생각조차 하지 않을 것이다. 괴상하기 짝이 없는 복도를 어디서나 흔히 볼 수 있는 보통의 복도를 걷는 것과 똑같은 마음으로 걸으니, 사로로 걸으나 생로로 걸으나 다를 것이 없는 것이다.

피월려는 눈앞에 보이는 갈림길에서 왼쪽을 선택했다. 그곳은 사로로 가는 길이나, 피월려는 이 복도의 기이함을 그대로 마음에 받아들여, 온전한 믿음으로 정신을 다잡았다. 복도 창문의 색이 순식간에 새빨개지고, 한치 앞도 보이지 않는 안개가 온 세상을 가려도, 그는 산책이라도 걷는 것처럼 거침없이 휘적휘적 걸어 나갔다.

그러자 일각은 더 걸어야 도착할 박소을의 방이 저 앞에 보이기 시작했다. 그리고 그와 더불어 그쪽에서 걸어오는 천서휘의 모습도 보였다.

천서휘는 피월려를 발견하자마자 의문이 가득한 표정을 짓더니 곧 자기가 온 길을 보았다. 그러고는 더욱 의심에 쌓인 눈빛으로 창문에 시선을 던졌다.

그가 중얼거렸다.

"붉은색인데……"

피월려는 뭔가 혼란스러워하는 그에게 다가가며 인사를 건네려 했다. 그러나 막상 제대로 된 인사말이 떠오르지 않았다.

그 둘은 어쩌다 보니 처음부터 반말을 주고받았다. 그러니 안녕하세요나, 안녕하시오라고 말했다가는 끔찍한 어색함을 면할 수 없을 것이다. 그렇다고 안녕이라고 말하자니 낯간지러

위 죽을 것 같다.

그 고민은 결국 제시간 내에 해답을 내놓지 못했다. 피월려는 아무런 말도 하지 않으면서 포권만을 취했다.

"……"

"……"

천서휘도 우선 마주보고 포권을 취해주었다. 피월려는 그것조차도 왠지 부끄러워졌다.

그런 맘을 아는지 모르는지, 천서휘는 다짜고짜 질문부터 해왔다.

"어떻게 만난 거지? 여긴 사로일 텐데?"

낙양지부의 복도는 목적지가 같지 않으면 서로 만날 확률이 매우 희박하다. 이 건축의 본질을 알고 있는 이대원만이 마음대로 다닐 수 있었다.

피월려는 고개를 끄덕이며 말했다.

"사로가 맞다. 주 형이 전해준 실마리를 듣고 사로를 피해 없이 건너는 방법을 터득해서 한번 시험해 본 거야."

"주 형이라면, 소군을 말하는 건가?"

"어."

"……"

천서휘는 피월려에게서 눈길을 피했다. 그의 표정에는 매우 복잡한 감정이 자리 잡고 있었는데, 그것이 무엇인지 피월려도 제대로 파악할 수 없었다. 피월려는 관심을 끄고는 자기가 하고 싶었던 말을 먼저 꺼냈다.

"최근에 검공에 대해서 깨달음이 있었다. 조만간 검기를 사용할 수 있을 것이다. 한 번 더 비무를 청하지."

천서휘는 눈을 가늘게 뜨고는 그의 얼굴을 한번, 그의 검을 한번 보았다.

"무형검이면서 검공을 익혔다고? 소군과 같이 연무한다는 소문을 들었는데, 혹 자설검공인가?"

"아니야. 무형검의 검공이다."

"빠르군. 벌써 어검술을 깨우치다니. 수어검(手馭劍)인가?"

천서휘의 한마디에 피월려는 감탄하지 않을 수 없었다. 그의 말은 무형검으로 검공을 이룩하기 위해서는 사검의 핵심인 어검술을 기본으로 해야 한다는 것을 확실히 알아야만 할 수 있는 말이다. 그 뜻은, 피월려가 최근에 얻은 심득을 천서휘는 이미 알고 있었다는 것이다.

피월려는 혹시나 해서 물었다.

"그것을 어떻게 단번에 알았지?"

천서휘는 대수롭지 않다는 듯이 말했다.

"내가 주로 익힌 비응살마검공(飛鷹撒魔劍功)은 어검술을 기반으로 한다. 그건 수어검이 아니라 목어검(目馭劍)을 기반으로 한 검공이지. 그 검공의 구결 중에는 어검술의 이치를 깨닫지 못하면, 검기를 완전히 소유할 수 없다고 나온다. 그것을 토대로 말한 것뿐이야."

"목어검(目馭劍)? 눈으로 검을 지배한다니. 수어검보다 더 높은 경지로군."

"그것은 아니다. 그저 지배하는 방법이 다를 뿐이다. 짐승을 다스리는 방법은 세 가지가 있지. 손으로 하는 것과 눈으로 하는 것, 그리고 마음으로 하는 것이다. 이 중, 비응살마검 공은 눈으로 검을 지배할 경우 가장 효과를 좋게 보기 때문에 목어검을 기반으로 한 것이다. 딱히 수어검보다 좋다고도 나쁘다고도 할 수 없지."

"손과 눈과 마음이라. 덕분에 읽어야 할 서책이 더 늘었군. 고마워."

"훗. 그럼 비무는 언제로 할까?"

천서휘는 코웃음을 쳤으나 피월려는 딱히 기분이 나빠지지 않았다. 천서휘가 피월려를 무시하기 때문이 아니라, 그의 성격이 그런 성격이라는 것을 알기 때문이었다.

피월려가 말했다.

"한 달 안에 내가 연락하지."

"좋다. 기대하지."

그의 말이 끝나자, 피월려는 눈길을 돌려 걸음을 걸으려 했다. 그러나 천서휘가 움직이지 않는 것을 보고는 이상해서 되물었다.

"무슨 더 할 말이 있나?"

천서휘는 난처한 듯 코끝을 손으로 쓸었다.

"그… 진 소저가 혼사 문제로 황룡무가에 방문한다던데."

진 소저라면 진설린을 지칭하는 것이다.

피월려는 그의 말에 의아해하면서 물었다.

"그런데?"

"기분이 아무렇지도 않나?"

"딱히. 왜?"

"정인과도 같은 진 소저가 다른 남자와 혼사 이야기를 주고받는 것이 신경 쓰이지 않을 리가 없을 것 같아 묻는 것이다."

피월려는 어깨를 들썩였다.

"린 매는 내 정인이 아니야. 우리가 사랑으로 맺어진 사이도 아니고, 서로의 무공 때문에 음양합일을 하는 것이지. 서소저도 그렇고 너도 그렇고. 둘 사이에 무슨 일이 있나?"

"……."

천서휘는 대답하지 않았다. 피월려는 그의 어깨를 툭툭 쳐주면서 지나쳐 갔다.

"잘해주라고. 아름다운 여인 아닌가."

천서휘가 그의 손을 탁 내려쳤다.

"네가 상관할 일이 아니다. 네놈이야말로 아름다운 진 소저에게 잘해줘라."

"뭐?"

천서휘는 들은 척 만 척하며 앞으로 걸어 나갔다. 그의 걸음은 평소와 똑같이 거침없었다.

피월려는 그의 뒷모습을 뚫어지게 보다가 중얼거렸다.

"뭔가 있긴 있군."

하지만 지금은 시급한 임무가 있다. 피월려는 머릿속에서 잡생각을 지우며 박소을의 방에 들어섰다.

*   *   *

박소을 대주의 방은 전에 봤던 모습과 별반 차이가 없었다. 끝이 없는 암흑 속에서 촛불만이 홀로 방을 밝히고 있었다. 한 가지 다른 점이라면 자리에 앉아 있어야 할 박소을이 전혀 보이지 않는다는 점이다.

그가 사방을 둘러보며 물었다.

"박 대주님?"

"여기 있소."

박소을의 목소리는 오른편에서 들렸다. 멀리 있는 것 같지는 않았지만, 칠흑 같은 어둠은 그의 기척을 모두 집어삼키고 있었다.

"어디 계십니까?"

"아, 내 모습이 보이지 않소?"

"예."

"걱정 마시오, 잘 있으니."

피월려는 그의 말을 이해했지만, 자기도 모르게 말이 들린 방향으로 걸음을 내디뎠다. 그러자 갑자기 털이 곤두서는 살기가 전방에서 쏟아졌다. 당황한 그는 다시 서둘러 걸음을 뒤로 물렸고, 살기는 온데간데없이 사라졌다.

"원설, 내 손님이오. 더 이상의 무례는 용납하지 않겠소."

박소을답지 않게 매우 진지한 어조였다. 피월려는 전에 말존대원이 그의 신변을 지킨다는 말을 기억했다.

"혹 대주님을 지킨다는 멸존대원이 아닙니까?"

암흑에서는 말이 없었다. 단지 박소을의 발걸음 소리만이 뚜벅뚜벅 다가올 뿐이었다.

곧 촛불의 빈약한 불빛의 그의 몸에 닿았다. 평소와 같은 행색이었으나, 그는 펼치기도 싫어질 정도로 두꺼운 책을 왼손에 들고 있었다.

박소을이 말했다.

"말존대는 암살 집단이오. 누구를 호위하거나 그러진 않소. 그녀는 현재 제이대에 속해 있소."

"아, 그렇습니까?"

"원설은 자신의 개인적인 정보가 새나가는 것을 극도로 꺼리지만, 내 특별히 피 대원에게 그녀의 비밀 하나를 말해주겠소."

"그것이 무엇입니까?"

"그녀는 남이 그녀 자신에 관한 이야기를 꺼내는 걸 별로 좋아하지 않소."

"……"

"앉으시오."

박소을은 그렇게 말하면서 자기 또한 촛불이 켜진 상 뒤에 앉았다. 그러고는 쿵 하는 소리가 날 정도로 무거운 책의 첫 장을 펼치면서 말을 이었다.

"명은 잘 받았소?"

독서와 대화를 동시에 시작하는 사람은 없다. 하지만 박소을의 행동은 지극히 자연스러워 피월려는 전혀 이상한 점을 느끼지 못했다.

항상 그는 묘한 분위기를 풍긴다.

피월려가 말했다.

"다행히 잘 받았습니다."

웬만한 사람이라면 그냥 넘길 만한 평범한 말이지만, 박소을은 그 말 속에 담긴 뼈를 느꼈다.

"다행히? 아, 전해준 것이 서 대원이었지? 그녀라면 명을 제 때 받았다는 것만으로도 다행이라 생각할 법하지."

서린지의 성격을 익히 아는 듯한 어투였다. 피월려는 다시금 화가 나려고 하자, 감정을 숨기지 않고 말했다.

"지레짐작하여 죄송하지만, 이미 그녀의 성정을 잘 아시는 듯합니다."

딱딱한 발음에 박소을은 책장에서 눈길을 돌려 처음으로 피월려의 눈을 마주쳤다.

"내가 따끔하게 가르치지 않았다고 불평하는 것이오?"

직설적인 화법은 피월려의 시선을 돌리게 만들었다.

"그런 것은 아닙니다. 다만 그녀의 태도가 언짢았던 것은 사실입니다."

"그래서 그것이 내가 관심을 가져야 할 부분이오?"

"…아닙니다."

박소을은 시선을 책으로 가져갔다.

"내가 피 대원에게 명을 전해주라 했을 때, 그 자체는 명령으로 말하지 않았소. 그녀도 알겠다고만 했을 뿐, 존명이라 대답하지 않았소. 그러니 그것은 엄밀히 말하면 명령이 아니라 부탁이었소. 잘못된 것은 하나도 없소. 하지만 뭐, 피 대원의 입장도 있고 하니 다음부터는 명으로 하겠소. 이제 됐소?"

"……"

"의외로 소심한 성격이로군. 그렇게 안 봤는데."

"생명이 걸린 일이라 그렇습니다."

"생명에 집착하는 뿐이라는 것이오?"

"그렇습니다."

"후후후, 재밌군."

박소을은 책장을 넘겼다. 정말로 읽고 있는 것인지 아니면 그러는 척을 하는 건지 피월려는 알 수 없었다. 다만, 그 행동 때문에 어색한 대화의 흐름이 묘하게 잘 흘러간다고 느꼈다.

잠시 생각을 정리한 피월려가 말문을 열었다.

"하오문주가 직접 찾아왔습니다."

"직접? 어떻게 그것을 아시오?"

"본인이 그렇게 말했습니다."

"거짓일 수도 있지 않겠소?"

"거짓말은 아닌 것 같았습니다."

"왜 그렇소?"

"괴뢰지를 확인했습니다."

"손가락을 보고 괴뢰지인지 괴뢰지가 아닌지 어떻게 안단 말이오?"

"제 기습을 두 손가락으로 막았습니다. 내력을 폭사시켰는데도 충돌이 매우 잠잠했습니다."

피월려는 내력을 얻게 되면서 지마 혹은 절정급으로 올라섰다. 절정고수의 검격을 간단히 막으려면 적어도 같은 실력이나 그 이상이 되어야 하는데, 하오문에서 그 정도의 고수는 하오문주를 제외하고 아무도 없었다. 그 정도로 하오문은 고수가 부족한 문파였다.

박소을이 종이를 손으로 쓸며 말했다.

"흐음. 그 정도라면 괴뢰지라고 할 수 있겠소. 그럼 그자가 뭐라 말했소?"

"비도혈문을 멸문시키는 데 저를 증인으로 쓰겠다고 했습니다. 그래서 말인데, 하오문주가 지부장님을 만났을 때, 무슨 대화가 오고간 겁니까?"

"우선 그자가 한 말을 듣고 싶소. 그자는 뭐라 말했소?"

"지부장께서, 저를 암살하려 했던 것이 비도혈문의 독단적인 행동이었다는 하오문주의 말을 믿어주었다고 합니다. 그래서 비도혈문을 멸문시키는 것으로 은원을 정리하자 제의했다고 했습니다."

"그리고 그 증인으로 피 대원을 선택했다고 말했소?"

"예, 그렇습니다."

"그 말은 모두 사실이오. 그 외에 거추장스러운 대화도 많았지만 핵심만 놓고 보면 그것이 끝이오. 수고하셨소. 지부를 나선 하오문주가 낙화루로 향했다는 소식을 듣고 급히 명을 전달한 것인데, 다행히 잘 풀렸군."

"그럼 제 계획으로 의견이 수렴된 겁니까?"

"그렇소. 지부장과 내가 피 대원의 의견에 따르기로 했소."

"상황을 보니까, 다급히 의견이 모아진 것 같습니다."

"그럴 수밖에. 무영비주의 말도 신빙성이 있었고, 하오문주의 말도 신빙성이 있었소. 다만 서로가 서로에게 올가미를 씌우려고 하니 둘 다 맞을 순 없었지. 그러나 피 대원의 의견대로 피 대원만 신경 쓰지 않는다면 그 진위 여부는 전혀 중요하지 않소. 둘 중 누가 진짜 피 대원을 암살하려 했던지 간에, 그저 가장 이득이 되는 쪽으로 움직이면 될 일이지."

피월려는 동조하면서 고개를 끄덕였지만, 내심 바닥에 누워버리고 싶을 정도로 안심이 되었다.

피월려의 의견은 간단하다. 피월려를 목표로 한 암살 계획을 꾸민 것이 하오문이든 살막이든 비도혈문이든, 그 사실 자체는 중요하지 않다는 것이다. 그들이 서로를 지목하며 열을 내는 것을 뒷짐만 지고 가만히 바라보다가 한 명을 선택해서 적당히 우긴 뒤에 박살 내버리면 그만이라는 것이다.

언뜻 보면 매우 현명한 방법으로 비춰진다. 그러나 피월려가 그 의견을 낸 진짜 이유는 바로 신물주를 살해한 사건을 은폐하기 위함이다.

사건의 진위 여부가 중요하지 않다는 말은 곧 조사할 필요가 없다는 말이니, 신물주의 죽음에 관한 혹시 모를 작은 실마리조차도 모두 원천봉쇄한다. 현재 천마신교에서는 가도무가 신물주를 죽였다고 믿고 있으니, 그 믿음을 계속해서 유지시키기 위한 피월려의 술책인 것이다.

피월려는 손으로 턱을 쓸면서 괜히 고개를 숙였다. 무의식 중에 얼굴 위로 떠오르는 감정을 숨기려고 한 것이다.

그가 말했다.

"그럼, 누구를 범인으로 내몰 생각입니까?"

박소을이 책장을 또 하나 넘기며 말했다.

"한번 맞춰보시오."

그는 항상 뭘 제대로 알려주는 법이 없었다. 피월려는 짜증 나는 마음을 다스리며 천천히 생각했다.

"비도혈문 아닙니까?"

"왜 그렇게 생각하오?"

"뭐, 단순히 생각했습니다. 서 소저를 통해서 하오문도가 찾아올 수 있으니 그들에게 무력으로 대응하지 말라는 명을 내리시지 않으셨습니까? 그 뜻은 하오문과 또 다른 은원을 만들지 말라는 말입니다. 하오문의 편에 서겠다는 것이지요."

"그건 아직 생각을 보류한 것일 수도 있지 않겠소? 하지만 피 대원은 매우 확신에 차 있는 듯하오. 그 이유가 무엇이오?"

피월려는 잠시 목을 풀고는, 천천히 설명하기 시작했다.

"사실… 처음 의견을 낼 때부터 하오문의 편을 드는 것을 염두에 두고 말한 의견이었습니다."

"오호?"

"하오문을 범인으로 몰고 가면 하오문을 멸문시켜야 할 텐데, 점조직에 가까운 그들의 조직 구조상 거의 불가능한 일입니다. 그리고 그들을 멸문시킨다고 해서 딱히 천마신교에서 얻을 것이 없습니다. 살막도 같은 이유입니다. 그러나 비도혈문은 은밀하긴 해도 극소수이기 때문에 하오문보다는 멸문하기 쉽고, 하오문에서 정보를 제공한다면 필히 멸문시킬 수 있습니다. 또한 그 일을 통해서 하오문과 관계를 좋은 거점에서부터 시작할 수 있습니다."

이 또한 피월려가 의도한 것이다.

피월려가 신물주를 죽였다는 것을 아는 자는 무영비주뿐이다. 비도혈문이 멸문당하는 와중에 혹시라도 그가 죽는다면 그 비밀을 아는 사람은 피월려를 제외하고 아무도 없게 된다. 신물주의 살해 사건에 유일한 증인이 사라지는 것이다.

박소을은 피월려와 눈을 맞추며 말했다.

"나도 피 대원의 말에 적극 동의하는 바이오. 하오문이 수작을 부렸든 말았든 그들을 품는 것이 당연히 이득이지. 과연, 좋은 심계이오."

박소을은 진심으로 감탄했는지 방긋 미소를 지었다. 피월려는 고개를 살포시 끄덕이며 겸손을 표했다.

"과찬이십니다. 하지만, 한 가지 작은 문제가 발생했습니다."

"문제? 무엇이오?"

박소을의 되물음을 듣고 피월려는 잠시 고민했다.

과연 이것을 말하는 것이 옳은가?

어차피 다른 수가 없다.

낙양지부의 진법상 절대 홀로 해낼 수 없는 일이다.

피월려는 그냥 속내를 터놓았다.

"하오문주와 대화하는 와중에, 그가 하오문 낙양지부주를 꺼내달라고 요청했습니다."

박소을은 고개를 흔들었다.

"흐음, 그건 지부장께서 허락하지 않으셨소."

"하오문주는 매우 간청하는 듯했습니다만."

"그에게는 아쉽겠지만, 그것은 절대로 불가한 사항이오."

"······."

이것은 절대로 해내야만 하는 일이다.

낙양지부주를 빼오라는 것은 하오문주가 지부에 요구한 것이 아니라 피월려에게 개인적으로 요구한 사항이다. 그 말인즉 서화능의 뜻을 어기는 한이 있더라도 해내라는 것이다. 그렇게 하지 않으면, 피월려에 관한 의심을 서화능에게 이야기할 것이고 그것은 곧 신물주의 죽음에 관한 의혹을 제기한다. 만약 그렇게 된다면, 이중간책이니 뭐니 한 모든 수고가 수포로 돌아간다. 하지만 박소을의 얼굴 표정을 보아하니 절대로 허락할 것 같지 않았다.

피월려는 용안심공을 최대로 끌어 올려 시간이 멈춘 것 같이 느껴질 정도로 생각을 가속했다. 이 상황을 어떻게든 타개해야 한다.

그렇게 하기 위해서는 우선 사전에 정보를 모으는 것이 중요하다.

"박 대주님의 말을 들어보면 매우 확고한 듯합니다. 하오문 낙양지부주를 내줄 수 없는 이유가 무엇입니까?"

박소을은 단호하게 대답했다.

"그것은 피 대원께서 아실 필요 없소. 어차피 그와 상대하는 것은 피 대원이 아니라 지부장이 하실 일이오. 피 대원은 전혀 염려하실 것이 없으니, 이 일에 대해서는 더 이상 신경 쓸 필요 없소."

만약 진짜 그렇다면 더할 나위 없을 것이다.

하지만 하오문주는 피월려의 생명줄을 쥐고 있는 패가 있고, 그러니 피월려는 싫든 좋든 신경을 쓰지 않을 수 없었다.

그는 강경하게 나가기로 했다.

"박 대주님, 이번 계획은 제가 낸 의견입니다."

"그렇소만?"

"저도 어느 정도 알 권리가 있다고 생각합니다."

박소을은 서서히 시선을 책에서 돌려 피월려를 보았다. 그의 눈빛은 아무런 감정도 담고 있지 않았지만, 시선을 피하고 싶은 마음이 드는 묘한 압박감이 있었다.

그러나 피월려는 눈에 힘을 주고 그 시선을 피하지 않았다. 그러자 그 둘 사이에서 묘한 긴장감이 형성되며 방 안의 기류를 차갑게 만들었다.

박소을이 입꼬리를 살짝 올렸다.

"왜 알아야 하오?"

다소 감정적인 말이 나올 줄 알았던 피월려는 잠시 그의 말을 이해하지 못했다.

"예?"

"왜 이유를 굳이 알아야 하냐고 물었소."

"그것이 무슨 말입니까?"

"피 대원은 평소 이런 것에 자기의 생각을 전혀 강경히 주장하지 않소. 때때로 불만을 표하긴 했지만, 수뇌부의 생각이나 계획의 방향에 대해서 굳이 알려고 들지 않았소. 그런데 이번 건에 대해서는 갑자기 수뇌부의 생각을 매우 의식하는 것 같소."

"……."

"단순히 변덕이라는 식의 대답은 받지 않겠소. 그리고 대답에 따라서, 목을 자르겠소."

살기(殺氣).

그것이 방 안을 가득 메웠다.

이처럼 차가운 살기를 느껴본 적이 있던가?

털이 곤두서는 것도 아니다.

내력이 들끓는 것도 아니다.

신경이 팽팽해지는 것도 아니다.

오히려 정신은 맑아지고, 몸은 차분해졌다.

본능이 아는 것이다.

흥분하는 것 자체가 곧 죽음으로 이어질 수 있다는 것을.

피월려는 입안에 고인 침조차 삼키지 못했다.

박소을은 어떠한 사람에 대해서 말할 때 항상 매우 확정적인 말을 즐겨 사용한다. 그 말은 개인 개인의 성향 차를 잘 안다는 말이고, 곧 사람을 잘 꿰뚫어본다는 말이다.

그가 피월려라는 인간에 대해서 내린 결론. 그리고 지금 피월려가 보인 반응. 그는 이 두 가지의 어긋남을 통해 피월려에게서 어떤 위화감(違和感)을 간파했다.

괜히 천마신교의 장로직을 맡은 것이 아니다. 무공도 무공이지만, 심계도 가히 짐작할 수 없었다.

과연 어떻게 변명해야 할까?

공을 세우고 싶은 마음이 앞서서 그랬다고 할까?

아니면 지부 내의 위치가 불안해서 그랬다고 할까?

그도 아니면 이용만 당하고 버려질까 봐 그랬다고 할까?

피월려의 용안심공은 기적적으로 답을 찾아냈다.

그것은 변명을 하지 않는 것이다.

피월려는 이마를 땅에 박았다.

"천마신교 낙양지부 일대원 피월려, 일대주이신 박소을 장로님의 용서를 구합니다."

지옥과 같이 괴로운 정적이 찾아왔다.

박소을은 살기를 거두며 낮게 웃었다.

"후후후… 후후후… 후후후……."

"……."

"현명한 판단이오, 피 대원. 어떠한 상황에서도 냉정한 피 대원의 사고는 감탄하지 않을 수가 없군."

"……."

"고개를 드시오, 피 대원. 내가 그대를 과소평가했소. 피 대원은 자신의 생각을 자유롭게 논할 자격이 있는 사람이오. 내 농이 지나쳤음을 인정하니, 피 대원께서도 마음을 푸시오."

다소 부드러운 말에 피월려는 헛기침을 하며 고개를 들었다. 그가 보니, 박소을은 전과 다름없는 모습으로 책을 읽고 있었다.

박소을이 말을 이었다.

"낙양지부주를 내줄 수 없는 것은 간단한 이유에서 그렇소. 본 지부는 비도혈문과 손을 잡을 생각이오."

피월려는 귀를 의심했다.

"비도혈문과 손을 잡을 생각이라면… 비도혈문을 살리고 하오문을 멸문시킬 생각이십니까?"

"그렇소."

"하지만 아깐, 비도혈문을 멸문시킬 것이라 하지 않으셨습니까?"

"나는 그런 말을 한 적이 없소. 그것은 모두 피 대원께서 말씀하신 것이오. 나는 그 말에 동의했을 뿐이지, 지부장이 그런 결정을 내렸다고는 말하지 않았소. 최종 결정은 비도혈문과 손을 잡고 하오문을 죽이는 것이오. 그러니 만약의 사태를 대비해서 방비책을 두는 것이 당연하오. 낙양지부주는 그 방비책이 될 것이오."

손발은 머리가 해야 할 일을 알 필요 없다.

그것이 천마신교의 지론이고, 그에 따라서 피월려가 멋대로 지껄이게 놔둔 것이다. 피월려는 박소을이 자기에게 좋은 심계라고 칭찬한 것에 과찬이라고 대답했던 것이 생각이나 수치스러운 마음이 들었다.

하지만 피월려의 말에 틀린 점이 있는 것은 아니다. 인정도 받았겠다, 피월려는 거침없이 자기의 생각을 말했다.

"이해할 수 없습니다. 왜 굳이 하책을 쓰려 하십니까?"

"피 대원이 그리 생각하는 것도 무리가 아니오. 피 대원이 알고 있는 정보 수준에서는 비도혈문을 선택하는 것이 명백히 하책이니 말이오. 하지만 이를 뒤집는 새로운 사실이 한 가지 있소."

"그것이 무엇입니까?"

"삼 일 전 무영비주가 찾아왔을 때, 하남성 잠사 머리를 보여주며 그것으로 살막에 대한 은원은 정리해 달라고 했소. 그러면서 모든 건 하오문이 뒤에서 주도한 것이라고 주장했지. 그런데 그것 말고도 개인적인 용무가 하나 더 있었소."

피월려는 무영비주가 나무 위에서 한 말을 기억했다. 그때 무영비주는 피월려가 가문에 대해서 언급하자 서화능이 이야기한 것이냐며 불평했었다.

피월려가 물었다.

"개인적인 용무라 하시면 비도혈문 가문에 관한 겁니까?"

박소을은 고개를 크게 끄덕이며 설명했다.

"과연 정확히 예상하셨소. 그가 말하길, 오십 년 전 비도문이 비도혈문이 되었을 때 내공을 마공으로 바꾸게 되었다고 했소. 그런데 그 마공은 미완성이어서, 익힌 사람은 오십을 넘기기 전에 무공을 쓸 수 없게 되고, 육십이 되기 전에 수명이 다한다고 했소. 만약 천마신교에서 비도혈문의 사정을 봐준다면 그만한 대가를 지불하겠다는 말을 남겼소. 즉, 그들이 천마신교에 입교한다는 말이오."

"설마……. 그럴 리가."

이는 엄청난 사건이다. 한때 극소수로도 사천당문에 대항했던 그들이 가진 무영비의 힘을 천마신교가 얻게 되는 것이다.

박소을이 말을 더했다.

"무영비주의 말에 의하면, 그들은 현재 자손을 남기는 것조차 어려운 일이라 했소. 진위 여부를 몰라 일단 대답을 보류했는데, 하루 전에 마조대에서 그의 말이 사실이라 결론을 내렸소. 따라서 지부장과 나는 비도혈문을 품고 하오문을 멸문시키기로 결정한 것이오."

피월려는 숨을 크게 들이쉬었다가 내뱉으며 얼굴을 찡그렸다.

"아무리 그렇다고 하나, 하오문을 멸문시키는 것은 쉬운 일이 아닙니다. 은밀하기 짝이 없는 하오문의 중추 세력을 어찌 처단할 겁니까?"

"그래서 낙양지부주를 내줄 수 없다는 것이오. 그를 미끼로 만들어, 하오문주를 낚을 생각이오."

"……"

지부주를 내줄 수 없는 이유가 논리적으로 너무 타당하다.

피월려로서는 매우 안타까운 일이다. 그는 삼 일 안에 낙양지부주를 하오문주에게 데려가지 않으면 안 되는 입장이기 때문이다.

피월려는 낙화루에서 몇 시진 동안 고민하고 점검했던 계

획을 일부 수정하여 상황에 가장 알맞는 묘책을 생각해 내었
다. 그가 깊은 생각에 빠진 것을 안 박소을은 조용히 책을 읽
으며 그를 기다려 주었다.

생각을 마친 피월려가 조심스럽게 자신의 계획을 설명하기
시작했다. 자신감은 있지만 거만하지 않는 어조로 천천히 박
소을을 설득했다. 박소을은 그의 계획을 좋게 생각했고 피월
려의 설명이 끝나자 몇 가지 빈틈을 지적했다. 피월려는 차마
생각하지 못한 것이라, 박소을의 지혜에 감탄하면서 그것에
관한 해법을 즉각 내놓았다.

그들은 그렇게 몇 시진을 토론하면서 빈틈을 하나둘씩 메
우고 계획을 발전시켰다.

제 삼십사 장(第三十四章)

하오문 낙양지부주는 눈앞에 놓인 고깃덩어리를 집어서 손이 닿지 않는 창살 밖으로 던져 버렸다.

며칠이나 감금을 당했는지 모른다. 겨우 몸을 누일 수 있는 이 작은 공간이 벌써 편해지기 시작할 정도니, 적어도 삼 일 이상이다. 하지만 느낌으로는 하루가 지났는지 칠 주야가 지났는지 전혀 감도 잡을 수 없었다.

정신이 혼미해지고 시간 감각이 마비되었다.

공기의 온도도, 방 안의 불빛도, 심지어 냄새조차 일정하다.

아무리 깊숙한 땅속이라고 해도 밤과 낮에는 온도나 불빛,

그리고 냄새에 미세한 차이가 있을 수밖에 없다. 그러나 감각이 극도로 날카로워지는 내공을 아무리 사용해도 환경에 일말의 변화도 느낄 수가 없었다. 이곳에 갇힌 이후, 오감에서 오는 정보가 단 한 번도 변한 적이 없으니 시간의 흐름을 전혀 느낄 수 없었다.

그런데 그것보다 더한 문제가 있었다.

그는 머리를 만져 기름기를 느꼈다. 그리고 턱을 쓸며 수염의 까칠함을 확인했다. 이 사이를 긁어 이에 낀 이물질의 냄새를 맡았다. 열 손톱과 열 발톱의 길이를 비교했다. 심지어 항문의 털을 뽑아 맛을 보았다. 이처럼 정신을 잃었다가 회복했을 때 자기 육체의 변화를 이용하여 시간을 파악하는 방법을 아는 한 모두 행했다. 하지만 그가 행한 모든 방법은 제각각의 시간을 말하고 있었다. 어떤 것은 하루라 말하고 어떤 것은 한 달이라 말한다. 어떤 것은 한 시진이라 말하고 어떤 것은 아예 변화가 없다.

이것은 몸의 각 부위마다 제각각의 시간을 가지기 시작했다는 뜻이다. 혼란스러운 정신이 육체까지 미친 탓이다. 손, 발, 눈, 심장, 간, 위장 등등… 뇌에서 시간을 맞춰주지 못하니 지들이 멋대로 하루를 정한다.

이런 육체의 어긋남을 해결하는 수단은 오로지 수명(壽命)을 끌어다 쓰는 방법뿐. 피부가 노화하고 머리카락이 하얘진다.

이는 후들거리고, 손끝에는 힘이 없다.

낙양지부주는 욕설을 내뱉었다.

"악독한 놈들……."

그는 이런 상황을 대비해서 고도의 훈련을 받았었다. 심계와 인내심이라면 타의 추종을 불허한다. 그는 어떠한 고문도 견딜 자신이 있었고, 어떠한 심문도 이겨낼 자신이 있었다.

하지만 고문도, 심문도 없었다.

지키는 사람도 찾아오는 사람도 없었다.

오로지 이 어두컴컴한 방 안에 홀로 있을 뿐이다.

그러다가 가끔씩 음식을 준다. 일단은 먹었다. 훈련된 혀로 맛을 보니 어떠한 독도 타지 않았다고 확신할 수 있었고, 몇 번을 먹어도 몸에 이상이 생기지 않았다. 따라서 의심하지 않고 계속 먹었다. 그런데 그것이 이토록 화를 불러일으킬 줄 누가 알았겠는가?

음식 자체에는 문제가 없다. 문제는 그것이 매우 불규칙적이었다는 것이다. 시간을 파악할 수 없는 상황에서 주어지는 식사는 그 자체만으로도 시간의 잣대가 돼버린다.

이는 평생 동안 진리를 찾아 방황한 사람에게 한 줄기 빛을 보여준 것과 같다. 그 빛의 진위를 무시한 채, 무조건적인 가치관을 부여하는 것이다.

그것을 흔들어 버리니, 근본이 요동친다.

시간이 죽어버린다.

낙양지부주는 그것을 깨닫고 즉시 귀식대법을 펼치려 했다. 몸을 시체처럼 만들어서 오로지 견디는 것이다. 하지만 이미 너무 늦었다는 것을 깨달았다. 시간 감각이 박살 났는데, 어떻게 귀식대법을 펼칠 수 있겠는가? 하루 동안 펼치려 했는데, 일 년이 지나 버리면? 한 달을 펼치려 했는데 한 시진이 지났으면? 이런 물음들은 귀식대법을 펼치는 목적을 묵살한다.

이것을 되돌리는 방법은 단 하나밖에 없다.

음식을 거부함으로 공급되던 영양분을 막아, 어디부터 기능을 상실하는지 파악하는 방법뿐이다. 몸의 어디부터 고장이 나며 어떻게 고장이 나는지를 파악하여 시간 감각을 어느 정도 되돌린 후에나 귀식대법을 펼칠 수 있다.

그러니 음식을 집어던진 것이다.

그러니 욕설을 내뱉은 것이다.

낙양지부주는 바닥에 대자로 뻗어 숨을 꼴딱꼴딱 쉬었다.

길고 지루한 싸움은 이제부터 시작이다.

퍽.

"뭐, 뭐지?"

낙양지부주는 눈을 뜨고 머리를 비볐다. 뭔가 그의 머리에 부딪혀서 작은 통증을 느낀 것이다. 그는 주변을 살폈고, 방금 밖으로 버렸던 고깃덩어리가 눈에 들어왔다.

환상인가? 아니면 현실인가?

지부주는 창살 밖으로 고개를 내밀어 좌우를 확인했다.

퍼억!

"으— 악!"

뒤로 꼬꾸라진 낙양지부주는 턱을 부여잡았다. 안 그래도 흔들거리던 이가 뽑혀 나갈 것 같이 아팠다.

그러나 낙양지부주는 기쁨을 느꼈다. 드디어 다른 사람을 만나게 된 것이다.

"누구지? 나를 여기 가둔 사람이냐?"

낙양지부주는 말을 하고도 스스로 놀랐다. 무음의 공간임에도 불구하고 메아리가 전혀 없을 정도로 작고 희미한 목소리 때문이었다. 이토록 자기의 기력이 사라졌는지 새삼스레 알게 되니 우울해질 지경이다.

"혹 낙양지부주이시오?"

질문은 명확히 그를 지칭하고 있었다. 낙양지부주는 고개를 몇 번이나 끄덕거리면서 말했다.

"맞소, 맞소. 내가 낙양지부주이오."

"아, 그렇군. 갑자기 뭐가 튀어나와서 나도 모르게 살짝 친다고 쳤는데, 낙양지부주의 얼굴인 줄은 꿈에도 몰랐소."

낙양지부주는 그 목소리에서 묘한 점을 느꼈다. 적의보다는 호의가 더욱 담긴 말이었기 때문이다. 그는 의심을 완전히 거두지 않았지만 가슴 한편으로는 실낱같은 희망을 품으며 물었다.

"누구시오?"

"내 이름은 피월려이오."

피월려라는 이름을 듣는 순간, 낙양지부주의 희망은 사라지고 의심은 깊어졌다.

낙양지부주가 한층 낮아진 목소리로 말했다.

"피월려? 젠장, 똥 밟았군."

"그럼 누구라고 생각했소?"

"제삼자."

"하하하. 내가 지부를 묵사발 낸 것을 못 본 것이오? 당연히 나라고 예상해야 하지 않소?"

"눈으로 똑똑히 봤지. 하지만 날 따라오지 않았지. 잘 벗어났다고 생각했는데, 갑자기 정신을 잃었지. 그리고 눈을 떠보니 이곳이야. 그동안 찾아온 사람은 아무도 없었고……."

"지부주께서 이토록 말을 많이 하다니, 꽤 외로우셨나 보오?"

"저승에 있는 줄 알았다. 지옥인가 했지."

"그것 참 두려웠겠소."

"잡설은 그만. 날 감금한 목적이 뭐냐? 천마신교가 왜 나를 감금한 것이냐? 그리고 이제 와서 날 찾아온 이유는 또 무엇이고?"

"간단하오. 하오문주께서 내게 지부주를 꺼내달라 요청하셨소. 그래서 꺼내러 온 것뿐이오."

낙양지부주는 피월려의 말을 믿을 수 없었다.

피월려는 하오문과 회복될 수 없는 관계에 놓인 사람이다. 그는 하오문 지부의 장로를 아무 이유 없이 죽였고, 하오문은 그를 암살하려 했다. 그리고 그 와중에 그에게 소중한 사람이라 파악되는 인물이 죽었다.

지부주가 추궁하듯 말했다.

"예화란 기녀는 네게 소중한 사람이지. 그 기녀의 아이까지 보호하고 있다 했다. 하오문에서는 지부의 장로가 죽었고 네놈은 사랑하는 여인이 죽었다. 하오문과 네놈은 이미 철천지원수이다. 그런데 어찌 하오문주의 요청을 네가 듣는다는 말이냐?"

"예화는 그냥 기녀일 뿐이오. 내게 전혀 소중한 사람이 아니오. 그리고 혹설은 그녀의 아이가 아니오. 천살성이기 때문에 본 교에서 관심을 가지는 것뿐이오. 하오문만 괜찮다면 나와의 은원은 없는 것과 같소."

"헛소리. 하오문을 향한 네 분노는 진심이다."

"만약 그것이 사실이라면, 왜 하오문주가 내게 이런 요청을 했다는 말이오? 또한 그것이 사실이라 해도 하오문주가 묵인한 것이 아니겠소?"

"내 말은 문주께서 요청을 안 했다는 뜻이다."

"아, 내 말을 믿지 못하겠다는 말이오?"

"그래."

"그렇다면 내가 여기서 거짓을 말한다고 한들, 무엇을 얻을
수 있겠소? 본 교에서는 지부주에게 고문하지 않기로 결정이
났소. 어차피 소용도 없을 것이고. 나중에 하오문과 관계를
정리할 때 요긴하게 쓰자는 쪽이거나 아니면 그냥 죽이자는
쪽이오. 따라서 내가 거짓을 말할······."

"집어치워. 난 네놈을 믿지 않아. 무슨 소리를 지껄이든 네
놈의 요구를 수용하는 일은 없다."

"······."

피월려는 그가 매우 까다롭다고 느꼈다. 주로 짧은 문장을
사용하고, 때로는 단어 하나만 말하는 어투는 하오문 지주부
의 자리에 있는 사람의 것으로 느껴지지 않았다.

하오문주나 잠사, 혹은 피월려같이 심계에 자신이 있는 사
람일수록 말을 길게 하고 장황하게 설명하며 상대방의 눈치를
살피길 좋아한다. 여러 미끼를 던져놓고, 상대방의 반응을 살
펴보는 것이다.

하지만 지부주는 그런 면이 없다. 간결하고 직설적이다. 그
런 인물이 하오문의 지부주가 되었다면 자기의 심계가 깊어서

그렇다기보다는, 남의 심계를 뚫어보는 능력이 탁월한 것이다.

무공으로 말하면 역공(逆攻)의 귀재다. 그러니 자기 패가 없는 지금 상황에서는 싸움을 받아주지도 않는다.

피월려는 잠시 그를 노려보았다. 지부주는 불만이 가득한 표정으로 그를 마주보았다.

별수가 없다.

피월려는 자리에 앉으면서 말했다.

"이제부터 진실을 말하겠소. 그래도 내 말이 믿기지 않거든 자결을 권하겠소. 내가 가고 나면 다시는 찾아오는 사람이 없을 테니……."

"……."

"물론 나는 하오문을 용서하지 않소. 예화가 내게 소중한 인물이 아닌 것은 사실이나, 그녀를 죽게 만든 하오문에게 앙금이 있는 것 또한 사실이니 말이오. 그러나 그렇다 한들 나는 마교인이오. 천마신교의 뜻을 거스를 순 없소."

"천마신교의 뜻이 뭐지?"

"하오문과 손을 잡고 비도혈문을 멸문시키자는 것이오."

"뜬금없군. 비도혈문이라니……."

"뭐, 이유야 간단하오. 하오문에서 나를 암살하려 한 자들이 비도혈문에서 그런 것이라고 올가미를 씌웠소. 그들이 황룡환세검공을 욕심부려서 천마신교의 마인을 건드린 것이고,

하오문은 그 일에 아무 책임도 없다고 말이오."

"그걸 천마신교에서 믿었다는 말이냐?"

"믿고 안 믿고는 중요하지 않소. 어째든 본 교에서 하오문이 아니라 비도혈문을 멸문시키는 것이 더 좋다고 판단했으니 말이오."

"왜?"

"내가 그렇게 만들었소. 비도혈문을 살리고 하오문을 죽이자고 하는 것을 내가 나서서 막았소. 그리고 하오문과 손을 잡고 비도혈문을 죽이자고 설득했지."

"뭐? 네가 왜? 우리보다 비도혈문에 더한 원한이 있나?"

"그것은 아니고, 순수한 이해득실 때문이오. 어차피 둘 중 하나를 죽여야 한다면 비도혈문을 멸문시키는 것이 더 쉽소. 또 하오문과의 관계를 돈독히 하는 것이 나중까지 보았을 때 본교에게 더욱 이득이오."

"네 원한은 어쩌고?"

"본 교의 뜻을 거스를 순 없소."

"뭔 개소리냐? 네가 네 입으로 말했다. 네가 스스로 하오문과 손을 잡는 것을 선택했다고. 그런데 그것이 마치 무슨 본교의 뜻인 마냥 거스를 순 없다고 말하냐? 나는 네놈이 애초에 왜 하오문을 살리고 비도혈문을 죽이려고 마음을 먹었는지 묻는 것이다."

"말했잖소. 본 교의 뜻을 거스를 순 없다고."

"……."

"나는 내 개인적인 이해득실만을 생각할 수 없소. 천마신교에 속해 있는 이상 천마신교 전체의 이해득실을 먼저 고려해야 하오. 그것이 곧 천마신교의 뜻이 되는 것이오. 내 개인적인 심정으로는 하오문을 죽이고 비도혈문을 살리고 싶소. 그러나 천마신교의 이득이 되는 쪽은 그 반대이오. 따라서 내 원한을 잠시 접어두는 쪽을 선택한 것이오. 하오문 전체보다 본인을 먼저 생각하는 하오문도들은 마교인의 생각을 이해할 수 없는 것도 무리는 아니겠소."

낙양지부주는 침묵을 지키며 피월려를 뚫어져라 바라보았다. 그러더니 툭하니 내뱉듯 대답했다.

"그래… 맞아. 마교 놈들은 그런 놈들이었지. 하지만 여전히 네놈을 못 믿겠다. 네놈은 최근에 마교에 입교했다. 자기의 이득보다 마교의 이득을 먼저 생각할 정도의 충성심은 없어."

"지부주께서 말하는 내 이득이란 예화의 복수를 뜻하는 것이고 마교의 이득이란 하오문과 동맹 관계를 맺는 것이오. 진심으로 이 둘의 무게가 비교 대상이라 생각하시오? 그 기녀가 무슨 내 어머니라도 되는 줄 아시오? 내가 설마 일개 기녀의 복수를 하고 싶어서 천마신교의 동맹 관계를 비틀겠소?"

"넌 하오문을 중오한다. 그것만은 확실하다."

피월려는 짜증이 났다. 아무리 논리적으로 설득하려 해도, 자기의 감을 더 믿는 이 지부주를 어떻게 할 길이 없었기 때문이다.

그는 이곳에 오면서 생각한 방법 중 가장 하책으로 뽑았던 것을 쓰기로 마음먹었다. 논리적으로 봤을 때 가장 하책이니, 어쩌면 논리가 통하지 않는 낙양지부주에게 가장 상책으로 쓰일 수 있기 때문이다.

도박이나 어차피 수가 없다.

피월려가 말했다.

"인피면구를 만들 줄 안다고 들었소."

갑작스러운 말에 지부주는 표정을 찌푸렸다.

"그런데?"

"그거 만드는 방법 좀 알려주시오."

"왜? 고문이라도 할 텐가?"

"아니, 안 알려주면 여기서 평생 썩게 만들 거요."

"뭐?"

"알려주면 풀어주고 안 알려주면 평생 썩게 만들 거란 말이오, 제기랄."

"……."

지부주의 얼굴에는 당황한 기색이 역력했다. 말투부터 어조까지 변한 피월려를 보고 어떻게 반응해야 할지 모르는 것이다.

피월려는 머리를 긁적이며 말을 이었다.

"지부주 말이 다 맞소. 충성이고 뭐고 다 개소리요. 그렇지만 하오문을 증오한다는 것도 개소리요. 내가 지부주를 풀어주자고 설득한 이유는 간단하오. 인피면구 만드는 법이 욕심이 나서 그랬소."

"뭐라?"

"여긴 지부에서 관리하는 곳이니 내가 함부로 할 수 없소. 그래서 슬쩍 빼돌려 고문하려고 했단 말이오. 하오문주가 요구한 사항은 지부주를 되돌려 달라는 것이니, 내가 지부주를 빼돌리면 자연스럽게 동맹이 깨지고 천마신교와 하오문은 알아서 적이 될 것이니 말이오."

"넌 천마신교와 하오문이 동맹을 하든 전쟁을 하든 상관하지 않는다는 말이냐?"

"난 인피면구 만드는 법만 알면 되오."

"……."

"어쨌든 암투는 머리 아파서 더 이상 못하겠소. 그러니 선택하시오. 인피면구 만드는 법을 알려주고 하오문에 돌아갈지, 아니면 여기서 그냥 죽을지. 인피면구 제작법만 입수하면 솔직히 지부주가 살든 죽든 나는 관심 없소."

"……."

"빨리 결정하시오."

"……."

암투를 하지 않겠다고 했지만, 사실 피월려와 낙양지부주의 머리는 그 어느 때보다 맹렬하게 돌아가고 있었다.

피월려에게는 인피면구의 제작법 따위 부수적인 것에 불과하다. 그의 목적은 낙양지부주의 의심을 없애서 하오문주에게 데려가는 것뿐이니 말이다. 의심이 끝도 없는 낙양지부주가 돌발 행동을 하지 않지 않고 그대로 장거주의 집까지 가게 만드는 것만이 그가 진심으로 원하는 것이었다.

여기서 중요한 점은 낙양지부주가 자기 발로 고스란히 가야 한다는 것이다. 이제 곧 만날 하오문주와 있을 심계의 포석을 위해서 그것은 필수 사항이었다.

낙양지부주는 자기 나름대로 피월려가 제시한 두 가지 사항을 고려했다.

인피면구를 넘기지 않고 죽는 경우와 인피면구를 넘기고 사는 경우. 이는 당연히 후자가 좋다. 게다가 자기가 살아야만 하오문과 천마신교가 동맹을 맺을 수 있으니, 그것을 위해서라도 후자를 선택해야 한다.

낙양지부주는 생각을 마치고 나지막하게 말했다.

"인피면구를 제작하는 방법은 내가 하오문주를 직접 만나고 나서 주겠다."

피월려는 서둘러 고개를 돌려서 가까스로 자연스레 번지는 미소를 숨길 수 있었다.

도박 성공이다.

하책 중 하책으로 생각했던 것이 먹혀들어 가니 피월려는 속으로 작은 깨달음을 얻었다. 상대하는 사람이 누구냐에 따라서 설득하는 방법도 달라야 한다는 것을 말이다.

오랫동안 암투를 벌이며 사람에 대한 의심이 끊임없이 깊어지게 된 낙양지부주는 인간의 본성 자체를 의심하는 사람이 되었다. 그 누구도 청렴한 사람이 없고, 그 누구도 선한 사람이 없다고 믿는다. 그런 사람에게는 마치 숨겨왔던 개인적인 욕심이 목적인 것처럼 말하면, 그럴 줄 알았다면서 한 번에 믿어준다. 그러면서 그보다 더한 목적을 쉽게 숨길 수 있는 것이다.

피월려는 만족한 미소를 얼굴에 띠며 품에서 열쇠를 꺼내 창살에 걸린 자물쇠를 열었다.

"나오시오. 갈 길이 먼데 몸은 괜찮으시오?"

죽을 맛이지만 밖으로 나간다는 기쁨이 피곤을 잊게 만들었다.

"됐다. 길 안내나 해라."

퉁명스러운 그 말을 뒤로, 그들은 장거주의 집으로 향했다. 피월려의 의도대로 지부주는 순한 양처럼 피월려의 인도를 따랐다.

*　　　　*　　　　*

"여긴 장거주의 거처가 아닌가?"

지부주는 그의 앞에 있는 거대한 저택을 이리저리 둘러보며 말했다. 한쪽에는 아직도 화염의 흔적이 남아 있어, 낙양의 사정을 조금만 아는 사람이라면 누구라도 이곳이 장거주의 집이라는 것을 알 수 있었다.

피월려가 말했다.

"그렇소. 이곳이오."

"장거주의 집에? 왜?"

"지금 연기를 하는 것이오? 아님 진심으로 모르는 것이오?"

"……."

지부주는 피월려의 말에 어떠한 반응도 보이지 않았다. 단지 짙은 눈썹을 모으고 깊은 고뇌에 빠져 있을 뿐이었다.

피월려는 그런 그를 재촉하여 대문까지 걸었다. 그곳에는 양 엄지를 입에 넣고 입술로 잘근잘근 씹고 있는 단시월이 그를 주시하고 있었다.

"아녀하시니까아! 히 대주니!"

단시월은 엄지를 입에 문 채, 포권을 취하며 인사했다. 왼쪽

눈은 피월려를 보고, 오른쪽 눈은 위를 보고 있는 것이 심히 괴상했지만, 피월려는 내색하지 않으며 인사했다.

"안녕하시오, 단 단주. 내 옆에 있는 사람이 지부주이오. 그런데 소 대주는 안 보이오? 어디 가셨소?"

단시월은 큼지막한 한 발자국으로 지부주의 코앞에 다가왔다. 그러고는 머리부터 발끝까지 냄새를 킁킁 맡으며 대답했다.

"안 오셨습니다. 일이 있다고 빠지겠다고 하니 지부장께서 허락해 주셨습니다. 그래서 피 대원께 전권을 위임하겠답니다."

피월려는 그의 말을 듣는 순간 기가 막혔다.

지금 지부에 이것보다 더 급한 일이 어디 있다고 인원을 빼다 쓴단 말인가? 지금 상대하려는 사람은 허접 나부랭이도 아니고 하오문의 주인인 하오문주다. 홀로 그의 심계를 감당하라는 것은, 홀로 초절정고수를 상대하라는 것과 진배없었다.

피월려는 자신의 감정을 그대로 드러냈다.

"어이가 없군. 지부장께서는 이번 일을 모두 나 홀로 감당하라는 뜻이오?"

"왜 혼잡니까? 나도 있는데? 그리고 옆에 지부주도 있지 않습니까?"

"지부주야 당연히 하오문의 편이고. 단 단주는 심계에 있어서 아무런… 하아… 관둡시다."

단시월은 그의 말을 듣는 척도 하지 않았다. 단지 만족한 표정을 얼굴에 띠면서 피월려를 돌아보았는데, 그의 눈빛이 번쩍 빛났다.

"이 지부주, 냄새가 아주 고약하군요. 하악, 하악."

"……."

"……."

"보이지 않는 곳의 도움도 중요하지만 보이는 곳의 도움도 중요한 법입니다. 나를 탐탁지 않게 생각하신다면 즉시 대주께로 돌아갑지요. 어떻게 할까요? 피 대원님? 앙?"

"……."

"……."

"둘 다 표정이 왜 그럽니까?"

피월려는 한숨을 내쉬며 말했다.

"소 대주가 내게 전권을 위임했다는 말은, 단 단주께서 내명을 받들어야 한다는 뜻도 포함이오?"

"그 이상이지요. 피 대원께서는 제 직속상관이 되시는 겁니다."

"그럼 남으시오. 그리고 내가 명을 내릴 때까지, 나를 지키는 것 외에는 어떠한 행동도 하시 마시오."

"존명. 크… 압!"

단시월은 갑자기 숨을 크게 들이쉬더니 목에 힘을 주어 일부러 얼굴을 빨갛게 만들었다. 그리고 언제라도 폭발할 것 같은 그 머리를 들이대며 금방이라도 튀어나올 듯한 눈동자로 피월려를 노려봤다.

피월려는 갑자기 느껴지는 편두통에 관자놀이를 짚었다.

"숨 쉬는 건, 해도 되오."

피월려의 명이 떨어지자마자, 단시월은 허리를 땅 끝까지 굽히면서 입으로 태풍을 토해냈다.

"푸… 하! 감사합니다. 잠시 잠깐이지만, 명을 어기고 생사혈전이라도 치를까 고민했었습니다."

피월려는 냉소를 흘리며 물었다.

"그렇소? 왜 하지 않았소?"

"혹시라도 내가 이겨 버리면 단주직을 버리고 일대원이 될텐데, 나는 단 단주라는 말이 마음에 듭니다. 단 대원이라니, 역겹지 않습니까?"

"……"

단시월은 손가락으로 대문을 가리키며 물었다.

"이 문, 들어가도 되겠습니까? 피 대원님?"

안 들여보내 줬다가는 생사혈전을 재고할 분위기이다.

"들어가시오."

단시월은 씩 웃었다.

"존! 명!"

그는 존을 외침과 동시에 왼발을 들었고, 명을 외침과 동시에 발로 대문을 찼다.

쾅!

굉음이 울렸다.

그가 화려한 각공으로 전신의 내공을 담아 문짝의 정중앙을 치니, 한낱 나무로 만들어진 대문은 피격을 당하는 즉시 먼지 같은 미세한 가루로 쪼개졌다.

아니다. 쪼개진 것이 아니다.

녹았다고 표현하는 것이 옳았다.

지부주와 피월려는 황당해진 얼굴로 서로를 보았다. 먼저 말한 것은 지부주였다.

"저 마인……. 뭐 하는 놈이냐?"

피월려는 어깨를 한 번 들썩이는 걸로 대답을 해주고는 단시월을 따라 들어갔다.

집 전체를 울리는 그 굉음에 저택 안은 혼비백산이 되었고, 일각이 지나서야 장거주의 정실와 처음 보는 노인이 본가에서 모습을 드러냈다. 그러나 그 노인의 눈빛을 통해서, 피월려는 그가 또 다른 인피면구를 쓴 하오문주 음호천인 것을 눈치챘다.

음호천도 자기 신분을 숨길 생각이 없는지, 대놓고 먼저 크게 외쳤다.

"불가능하다더니만, 하루 만에 데려왔군. 내가 믿는다 하지 않았더냐?"

피월려가 대답했다.

"지부장의 허락이 있어서 가능했던 일이오."

"단독 행동이 아니라?"

"그 때문에 단주 한명과 동행했으니, 이해해 주시길 바라겠소."

음호천은 눈을 날카롭게 떴다.

"조건은 홀로 오라는 것이었는데?"

피월려는 지부주를 앞으로 내주면서 말했다.

"나름 최선의 방법이니, 너무 상심하지 마시오."

"그럼 천마신교에서 정식으로 지부주를 내어준 것이냐?"

"그렇소."

"크훼훼. 그것 참 다행이군."

음호천은 자기의 웃음소리를 감추지 않았다. 반쯤 걸어오는 지부주에게 자기가 하오문주인 것을 확인시켜 주기 위함이었다.

지부주는 음호천에게 다가가면서, 그의 옆에 있는 여인에게 눈짓하며 작은 목소리로 물었다.

"장거주의 정실이 하오문도였습니까?"

음호천은 그 눈길을 피하면서 헛기침을 했다.

"크흠. 그러네."

"낙양지부주인 제가 모르는 하오문도가 낙양에 있었단 말입니까? 그것도 장거주의 정실과 같은 중요 인물로 말입니다."

"자네에게 말하지 않는 이유는, 그녀가 감찰대원이기 때문이네."

"......"

"내 나중에 설명하지. 지금은 일단 천마신교와 매듭을 짓는 것이 우선이니."

"알겠습니다."

그렇게 대답한 지부주는 음호천의 왼편에 섰다. 그러면서 음호천의 오른편에 선 장거주의 정실을 힐끔힐끔 봤는데, 장거주의 정실은 오로지 눈길을 앞으로 두어 지부주와 시선을 맞추려 하지 않았다.

피월려는 잠시 잠깐 오고간 이 대화를 정확히 듣지 못했다. 무림인의 밝은 귀로도 들을 수 없을 만큼 은밀히 말했기 때문이다. 하지만 그들 사이에서 오간 묘한 분위기와 눈빛은 그의 촉을 건드렸다.

무언가 중요한 정보가 흐른 것이 틀림없다.

피월려는 최근 주하에게 배운 전음을 사용하기로 했다. 그의 전음은 아직 말을 할 수 있는 수준도, 원하는 방향으로 소리를 흘릴 수준에도 이르지 못했지만 어차피 주하가 어디 있는지 모르니 전 방향으로 간단한 신호만 주어도 될 일이다.

삐이익.

같은 형식의 전음을 익히지 않았다면 들을 수 없는 소리가 피월려의 입에서 사방으로 울려 퍼졌다. 그러자 주위에 숨어 있던 주하가 즉시 피월려에게 전음으로 답했다.

[예, 피 대원.]

피월려는 말을 할 수 없었기 때문에, 깍지를 쥐는 척하면서 하오문주와 지부주, 그리고 장거주의 정실을 슬쩍 가리켰다. 주하는 암공의 특성상 보다 뛰어난 시각과 청각을 가지고 있었기 때문에, 혹시라도 그 대화를 엿듣지 않았을까 하는 생각이었다.

주하가 대답했다.

[별건 없었습니다. 단지 장거주의 정실이 감찰대원이었다는 것을 지부주가 몰랐던 모양입니다.]

피월려의 눈썹이 살짝 꿈틀거렸다.

피월려는 처음에 이곳에 왜 왔는지 물었던 지부주의 질문을 기억했다.

지부주는 왜 장거주의 집에 오는지 몰랐었다. 그 이유는 지부주가 장거주의 정실이 하오문의 감찰대원인 것을 몰랐기 때문이다.

이는 어찌 보면 당연한 사실이다. 하오문같이 결속력이 약한 문파는 문주에 자리에 올랐다고 해서 충성을 보장받을 수 없다. 그러니 각 지부주를 감시하고 견제할 목적으로 또 다른 휘하 체계를 설립해야 하는데, 장거주의 부인 같은 감찰대원이 그 일을 맡은 것이다.

그러니 하오문주인 음호천의 입장으로서는 지부주의 질문이 껄끄러울 수밖에 없고, 장거주의 부인 또한 지부주와 눈을 마주치는 것이 껄끄러울 수밖에 없다.

이 모든 사실은 그들의 분위기와 시선 처리, 그리고 표정 변화와 매우 일치한다.

피월려는 조언을 구하기 위해서 무심코 옆을 보았고, 그곳에는 자기 혀를 손가락으로 긁으면서 연속적으로 침을 뱉어대는 단시월이 있었다.

"뭡니까? 퉤."

"……."

"이거 하면 안 됩니까? 퉤."

"아니오……. 좋을 대로 하시오."

"존. 퉤. 명. 퉤."

단시월은 혀를 더욱 내밀고 보란 듯이 긁어댔다.

그때, 하오문주가 피월려에게 질문했다.

"지부장이 갑자기 마음을 달리 먹었을 리는 없고……. 어떻게 그의 결정을 돌린 것이냐?"

피월려는 짐짓 모르는 척 고개를 기우뚱했다.

"그 질문에 대한 답은 지부주에게 모두 설명했소. 방금 지부주와 대화하며 그것을 확인한 것이 아니오?"

음호천은 잠시 말을 멈췄다가 대답했다.

"물론 들었다. 다만 네게서 다시 확인하고 싶어 묻는 것이다."

구차한 거짓말이다.

피월려는 그렇게 생각하며 다시금 설명했다.

"지부에서는 하오문을 죽이고 비도혈문을 살리기로 결정했었소. 그렇기 때문에, 지부주를 미끼로 이용하여 하오문의 중추 세력을 끌어내서 일망타진하려고 생각했소. 그러나 내가 문주의 제안을 받아들이자고 지부장님을 설득했소. 하오문을 죽이는 것이 아니라 비도혈문을 죽이자고 말이오."

피월려가 큰 소리로 말을 하는 와중에도, 지부주는 음호천의 귀에 입을 가져다가 끊임없이 속삭거렸다. 음호천은 한 번에 양쪽의 이야기를 들으면서도 혼란스러워하기는커녕 더욱더 예리한 안광을 뿜어내었다.

지부주가 손을 떼자, 음호천이 잠시 생각을 정리한 후에 피월려에게 말했다.

"천마신교는 하오문과 손을 잡는 척하며 하오문을 멸문시키려 했다. 그 때문에 사로잡은 지부주를 내주지 않는 것이다. 하지만 넌 천마신교가 정말로 하오문과 손을 잡고 비도혈문을 멸문시키는 것이 대의를 위해서 좋다고 판단, 따라서 서화능을 설득했다. 이 말이냐?"

"정확하오."

"그렇다면 왜 천마신교에서는 가장 처음에 하오문을 버리는 것이 좋은 판단이라고 생각했느냐? 네가 생각한 것을 서화능이 생각하지 못했다고 말하는 것이냐?"

음호천은 하오문주답게 핵심을 찔렀다.

피월려의 이야기는 마치 그가 남들은 생각지도 못한 지혜로운 방책을 들고 와서 서화능의 생각을 완전히 뒤바꾼 것처럼 묘사되어 있었다. 하오문주는 그것에 의문을 느끼고 물어본 것이다.

피월려는 천천히 상황을 설명했다.

"당연히 지부장께서는 하오문과 손을 잡는 것이 더 이득이라는 것을 알고 계셨소. 단지 음지에서 활동하는 하오문의 영향력이 너무 커지는 것을 더 이상 방관할 수 없어서, 한 번쯤 눌러주는 것이 좋겠다고 판단한 것이오."

"……"

"지부장께서는 이해득실보다 신뢰 관계를 먼저 생각한 것이오. 하오문을 믿을 수 없다 하셨소. 나는 내가 하오문과의 외

교를 잘 이끌어낼 수 있으니 한번 믿어달라고 부탁하며 지부
장의 결정을 유보시킬 수 있었소."

"유보? 유보라면, 언제든지 돌아설 수 있다는 말이냐?"

"오늘 내가 어떤 외교를 끌어오느냐에 달려 있소."

"그 뜻은 조건이 있다는 말이군. 우리가 얼마나 제시하냐에
따라서 우리의 손을 잡고 말고를 결정하겠다는 것이야. 순 엉
터리군. 그딴 식으로 외교를 하겠다니."

"그래서 우선 사과의 표시로 지부주를 그냥 내주지 않았
소? 고문은커녕 털끝 하나 건들이지 않고 말이오."

"그렇다면 네가 지부주에게 말한 인피면구는 뭐냐?"

"그건 내 개인적인 조건이오. 천마신교와는 아무런 관계가
없소."

"뭐라?"

"나는 이번 외교가 잘되든 안 되든 전혀 상관하지 않소. 그
저 그 와중에 떨어지는 부수적인 이득을 노린 것뿐이오."

음호천은 코웃음을 치며 말했다.

"거지 같은 놈. 네놈같이 지 속내만 채우는 놈을 내가 어떻
게 믿겠느냐?"

"간단하오. 하오문주는 나에 관한 약점을 틀어쥐고 계시지
않소? 나를 믿는 것이 아니라 그 약점을 믿으면 되는 것이오.
애초에 그 협박 때문에 이번 판을 이렇게 복잡하게 짠 것이니

말이오."

"……."

음호천은 침묵을 지키며 뚫어지게 피월려를 바라보았다. 그러자 그의 양옆에 선 지부주와 장거주의 정실이 자기의 생각을 음호천에게 소곤거리며 말했다. 음호천은 양쪽의 이야기를 집중해서 들으면서 본인의 생각 또한 소곤거렸다.

세 명이 그렇게 논의를 하는 와중에 피월려는 홀로 머리를 싸맸다. 그의 약점에 관한 언급을 주하와 단시월이 들었다는 것이 또 다른 변수가 되어 돌아오지 않을까 걱정이 된 탓이다. 또한 왜 하오문주와 지부주, 장거주의 정실이 전음을 쓰지 않았는지 이유가 궁금해진다. 그뿐만이 아니라, 여기 오기로 한 소오진이 무슨 명을 받았을까 하는 궁금증까지 든다.

인간의 뇌는 한계에 도달하면 생각이 사라지는 것이 아니라, 온갖 생각이 동시에 나기 시작한다.

즉, 지금은 한계다.

이미 머리가 터질 것 같은 지경인데, 여기에 다른 생각까지 끼워 넣었다가는 즉시 뇌사할 것 같다.

그는 혀를 살짝 깨물어 피 맛을 보았다. 입에 퍼진 혈향과 은은한 고통이 정신 줄을 바로잡으며 용안심공을 도왔다.

일단은 하나에 집중해야 한다.

피월려는 논의를 끝마친 하오문주를 억지로라도 응시하면

서 용안심공을 총동원시켰다.

하오문주가 말했다.

"서화능이 원하는 것을 말해라."

손을 잡겠다는 뜻이다.

피월려가 대답했다.

"비도혈문의 위치를 파악하는 일과 그 뒤에 정리하는 일은 천마신교가 관여할 것이오. 그것을 허가하시오."

"이상하군. 그것이 어떻게 천마신교에 이득이 된다는 것이냐? 오히려 귀찮은 일만 늘어난 것일 텐데?"

"비도혈문의 무공이 마공인 것은 아실 것이오. 천마신교에서는 그것을 회수 혹은 파기할 것이오. 때문에 이 일의 시작부터 끝까지 관여할 것이오. 하지만 직접적인 공격에 가담하진 않을 것이오. 그럴 의무가 없으니 말이오."

피월려가 말을 마치자마자 음호천은 무언가 깨달았다는 듯이 양손을 꽉 쥐었다.

"아하! 바로 그것이로군! 하오문을 죽이고 비도혈문을 살리려고 했던 이유가! 천마신교에서는 그들을 품으려 했어! 그렇지 않나?"

"……"

피월려는 대답하지 못했다. 그러자 음호천은 더욱 확신을 얻었는지 득의양양하게 말했다.

"그러다가 네 말을 듣고 다시 고려한 것이지. 그냥 하오문과 손을 잡고 비도혈문을 멸문시키되 필요한 마공만 빼먹자고…… 크훼훼. 이제 그림이 훤히 보이는군."

"그렇게 생각하신다면 다행이오. 내가 하오문주를 위해서 이 일에 얼마나 노력했는지 아시오? 인피면구의 제작법 정도는 받아도 된다고 생각하오."

"네 노력이야 잘 알지. 하지만 우린 네게 그것을 알려줄 필요가 없다."

피월려는 얼굴에 잔뜩 인상을 썼다. 이 개 같은 짓을 해온 이유가 사라지니 머리끝까지 열받는 것이 당연하기 때문이다.

"내가 뭐 때문에 이 지랄을 했는데, 못 주겠다는 것이오?"

"잊었나? 나는 네놈의 약점을 알고 있다. 그리고 이번 일을 통해서 그 약점이 진짜배기라는 것도 알게 되었지. 그러니 나는 네게 아무것도 주지 않아도 된다."

"……."

"크훼훼. 하나는 알고 둘은 모르는 어리석은 놈. 아, 아니지. 네 경우에는 둘은 알고 하나는 모르는 놈이라 해야 하나? 크훼훼. 크훼훼."

피월려는 마기를 전신에서 폭사시키면서 눈에 살기를 담았다. 부들거리는 손이 그의 증오를 잘 대변해 주고 있었다.

"다 죽입니까?"

질문하는 단시월의 눈빛은 처음으로 진지했다. 항상 들떠 있던 그가 진지하니 새삼스럽게 느껴질 정도였다. 피월려는 거친 숨을 몇 번 내쉬더니 곧 마기를 거두었다.

그러자 음호천이 입꼬리를 올렸다.

"네놈들이 초절정에 이르렀다고 할지라도, 여기 있는 인원을 모두 감당할 수는 없을 것이다."

피월려는 분노 어린 눈빛으로 그를 바라보았으나 그것 말고는 할 수 있는 것이 아무것도 없었다. 그는 씩씩거리며 욕설 몇 개를 씹어 내뱉은 후, 이를 악문 채 으르렁거리듯 말했다.

"다음에 뵙겠소. 이르면 내일, 늦으면 이틀 후에 이곳으로 연락할 것이오. 마조대원과 잘 연동하길 바라겠소."

피월려는 인사도 하지 않고 몸을 돌렸다. 그러자 단시월이 뭐라 뭐라 투덜거리며, 그의 뒤를 쫄래쫄래 따라갔다. 한바탕 할 줄 알았는데, 실망한 것이다.

그런데 그대로 나갈 줄 알았던 피월려가 갑자기 다시 뒤로 고개를 돌렸다. 그의 시선은 장거주의 정실에게 향해 있었다.

"한 가지 묻겠소. 왜 그 감옥에서 좌추를 빼오려고 했소?"

장거주의 정실은 사나운 어조로 반문했다.

"갑자기 무슨 말이죠?"

"그에게서 무엇을 얻으려 했소? 정보이오? 물건이오? 그것도 아니면, 무공이오?"

장거주의 정실이 뭐라 하기 전에 음호천이 그녀의 앞을 막으며 피월려의 시선을 저지했다.

"그만! 네게 줄 것은 아무것도 없다고 했지 않았느냐!"

장거주의 정실의 눈 끝은 분명 무공이라는 단어에서 흔들렸다. 그것은 용안이 아니면 파악할 수 없는 아주 미세한 흔들림이었다.

한번 찔러본 것인데, 좋은 수확이다.

피월려는 고개를 숙이며 말했다.

"알았소. 그럼 돌아가겠소."

그 뒤로, 피월려와 단시월은 장거주의 거처에서 떠났다.

*   *   *

그들은 한참을 낙양 시내를 걸었다. 피월려는 생각에 생각을 더하고 있었고, 단시월은 따분한지 몸을 배배 꼬고 있었다. 그러다가 단시월이 옆에서 고민하고 있는 피월려를 향해 물었다.

"아까 왜 열받은 척한 겁니까?"

단시월의 말에 피월려는 경악했다. 귀찮은 편두통에 혼미해진 정신이 번쩍 드는 순간이다.

"아까 내가 분노한 척한 것처럼 보였소?"

"아닙니까?"

단시월은 되물었지만, 눈빛에는 확신이 있었다. 단시월은 심계에 어두운 인물이니, 그가 눈치챌 정도면 하오문주도 알았을 것이라는 걱정이 앞섰다.

피월려는 물었다.

"왜 그렇게 생각했소?"

"검에는 손도 안 대더군요."

피월려는 편두통이 더욱 심해지는 것 같았다.

"골치 아프군……. 단 단주가 눈치챌 정도면 하오문주도 필히 눈치챘을 것인데……."

피월려의 자책을 멀리서 들은 주하가 전음으로 자기의 생각을 말했다.

[저는 진심으로 분노하신 줄 알았습니다. 그때 피 대원의 마기와 살기는 인위적이었다고 생각할 수 없을 만큼 강렬했습니다만.]

"그렇소? 그럼 단 단주의 눈썰미가 의외로 좋다는 말이오?"

[타인의 마기에 영향을 받지 않아, 남들이 보지 못한 것을 본 것이겠지요. 미친 사람은 가끔 상상할 수도 없는 뛰어난 일을 하기도 합니다.]

주하의 전음은 오직 피월려에게만 들렸다. 따라서 단시월은 피월려가 홀로 고개를 끄덕거리는 것을 이상한 눈빛으로 바라보았다.

단시월이 혀로 입술을 두어 번 핥았다.

"방금 칭찬입니까?"

피월려는 갑작스러운 단시월의 질문에, 당황한 듯 보다가 마지못해 대답했다.

"뭐, 그런 셈이오."

단시월은 입술을 세 번 핥았다.

"근데 그 의외로란 말은 뭡니까?"

"무슨 말이오?"

"눈썰미가 좋으면 좋지, 왜 의외로 좋냐 이 말입니다. 앙?"

들이미는 얼굴에 더해 들이밀어지는 혓바닥은 심히 보기 안 좋았다.

"거기에 큰 의미를 두지 마시오."

"뭐, 그러시길 원하시면 그럽지요."

"……"

단시월은 침이 잔뜩 묻은 입술을 소매로 닦으며 고개를 돌렸다. 이대로 대화가 끝나나 싶더니, 갑자기 또 말을 꺼냈다.

"피 대원께서 제게 칭찬을 했으니, 나도 피 대원께 칭찬 한 마디 합시다."

"무엇이오?"

"피 대원은 의외로 재밌습니다."

"······."

"의외로에 큰 의미를 두지 마십시오."

단시월은 피월려의 어깨를 툭툭 치더니 곧 빠른 경공을 펼쳐 오른쪽으로 냅다 뛰었다. 피월려는 멀리 보이는 소오진의 모습에 그의 행동을 이해하고는 인사차 포권을 취했다.

소오진도 포권을 살짝 취하더니 달려오는 단시월의 머리를 검집 째로 휘둘러 찍어 눌렀다. 땅에 얼굴을 정면으로 박은 단시월은 양팔과 다리를 꿈틀거렸고, 소오진은 미련 없이 몸을 돌렸다. 그러다 곧 정신을 차린 단시월이 그의 뒤를 쫓았다.

주하가 말했다.

[참으로 독특한 통제 방법이군요.]

"대상이 미친개니 어쩔 수 없겠지. 제사대는 참 재밌는 곳 같소."

[재밌는 피 대원에게 딱 알맞은 곳이겠군요. 그것도 제사대의 단주에게 직접 재밌다는 소리를 들으셨으니, 틀림없이 잘 적응하실 수 있을 겁니다.]

"주 소저와 함께라면 어느 곳인들 못 가겠소. 부디 빠른 시일 내에 마공이 폭주하길 바라겠소."

[설마 극양혈마공보다 빠르겠습니까?]

"큭큭큭······."

피월려가 조소하자, 주하는 아까부터 궁금했던 것을 슬쩍 질문해 왔다.

[그런데 아까 왜 화난 척을 하신 겁니까?]

피월려는 웃음을 멈추고 설명해 주었다.

"인피면구 제작법을 얻으려고 행한 일처럼 꾸몄으니, 그것을 얻지 못한 처지에 화가 나지 않겠소? 그러니 그런 연기를 한 것이오."

[그것은 알겠습니다만⋯ 인피면구에 관한 모든 대화가 이해가 가질 않습니다. 무엇 때문에 그런 불필요한 말을 한 겁니까?]

"중요하지 않은 것에 집중하게 만들어 중요한 것을 놓치게 만들기 위함이오."

[네?]

"흑도 바닥에서는 자주 쓰는 술수이오. 허황되다시피 한 목적을 먼저 말하고 이후 포기하는 것처럼 하여 본 목적을 숨긴다든지. 성사되기 어려운 요구 조건을 앞세우고 포기하는 것처럼 하여 본 요구 조건을 얼렁뚱땅 넘긴다든지 하는, 뭐 그런 것이오."

[조금⋯ 이해하기 어렵군요.]

"상대방으로 하여금 거짓 성취감이나 거짓 승리감에 취하게 만드는 것이 목적이라 보면 되오. 그래서 뭔가를 놓치게 만드는 것이지."

피월려의 입장에서는 인피면구 제작법이 꼭 필요하지 않았다. 단지, 하오문주로 하여금 그가 인피면구 제작법을 손에 넣기 위해서 이번 일을 모두 행한 것처럼 착각하게 만든 것이다. 아무것도 아닌 것 같지만, 이런 작은 술수 하나하나가 하오문주의 심계를 어지럽히고 눈을 흐려 날카로운 감을 무디게 만든다.

[아… 조금 알 것도 같습니다.]

피월려는 작은 미소를 짓고는 서서히 걸음을 옮기기 시작했다.

"너무 흔한 수법이라 하책이지만 가끔은 써먹을 만하다오. 그나저나 혹시 미행하는 자들이 있소?"

주하는 감각을 좀 더 예민하게 끌어 올리며 말했다.

[짐작 가는 자들이 있습니다. 처리하길 바라십니까?]

"부탁하오."

[알겠습니다. 앞으로 제가 말씀드리는 방향으로 걸어주시면 완벽히 걸러낼 수 있을 겁니다. 그러나 한 가지 문제가 있습니다. 그들을 죽이지 않고 따돌리는 것은 피 대원께서 경공이 없어 불가능합니다. 그렇다고 그들을 죽이면 하오문과의 관계에 있어 문제가 생기지 않겠습니까?]

"나를 미행하는 것부터가 그쪽에서 선을 넘은 것이니, 모두 죽인다고 해도 책임을 물을 순 없을 것이오. 아니, 오히려 죽여야만 내가 천마신교의 마인답다고 생각하여 의심하지 않을 것이오. 어디로 걸으면 되오?"

[십 장 앞에서 오른쪽 골목으로 들어가십시오.]

그 골목은 성채와도 같이 높은 저택들 사이에 난 길이었다. 고약하기 짝이 없는 냄새가 스멀스멀 나는 것이 그 위를 걷는 것만으로 몸이 더러워질 것 같은 곳이었다.

피월려는 평범한 발걸음으로 그곳에 들어섰다.

[편히 걸으시다 오 장 앞에서 갑자기 멈춰주십시오. 멈추는 기미를 잘 감추면 감출수록 또한 자연스러우면 자연스러울수록 좋습니다.]

그렇게 한동안 주하는 피월려에게 이런저런 행동을 지시했다. 갑자기 멈추든가, 무언가를 집는 척한다든가, 훌쩍 뛴다든가, 아무도 없는 방향으로 포권을 취하라든가, 검을 뽑아 나무를 자른다든가……. 그렇게 피월려는 한 식경을 꼭두각시처럼 그녀의 명을 따랐다. 그가 뭐라 하고 싶어졌을 때쯤 주하가 그에게 전음으로 말했다.

[됐습니다.]

"아, 이제 끝난 것이오? 시체는 어떻게 되었소?"

[모두 처리했으니 걱정하지 마십시오.]

순간순간 암살도 모자라서 바로 시체를 다 처리했다니. 피월려는 그녀의 솜씨가 진심으로 놀라웠다.

"대단하오."

피월려는 지금까지 일말의 살기나 투기도 느끼지 못했다. 주하가 그냥 장난을 치는 건 아닌가 의심이 들 정도로 아무런 낌새도 눈치챌 수 없었다. 언제나처럼 조용하고 나른한 평소의 낯이었다. 그러나 그동안 주하가 얼마나 바삐 움직였는지 피월려는 상상할 수 없었다.

주하는 마지막 시체를 지붕 사이에 넣는 것을 끝으로, 수검을 품속에 집어넣으며 피월려에게 전음을 보냈다.

[예상외로 뛰어난 자들이라 조금 시간이 지체되었습니다.]

"수고하셨소."

[그런데 왜 굳이 그런 부탁을 하셨습니까? 어차피 하오문은 지부 입구의 위치를 알고 있습니다.]

"나는 지금 지부로 가려는 것이 아니오. 하오문주와의 대화에서 뭔가 확인할 것이 있소."

[그럼 다른 곳으로 가신다는 말입니까?]

"그렇소. 그런 의미에서 말하는 건데, 주 소저께서는 지부로 귀환하여 빠르게 보고하는 것이 좋을 것 같소. 하오문과의 일은 시간이 매우 중요하오."

[명입니까?]

담담한 억양이지만, 피월려는 왠지 모를 묘한 감정을 느꼈다.

"명… 이라기보다는… 혹 불편한 것이 있소?"

[그것은 아닙니다만, 전속대원에게는 호위의 임무도 중요하기 때문에 그렇습니다.]

"보좌의 임무도 중요하지 않소? 게다가 방금 위험 요소를 제거했기 때문에 괜찮지 않겠소?"

한동안 대답은 없었다. 피월려가 어쩔 수 없이 명을 내리려는 찰나, 주하가 먼저 한발 양보했다.

[그렇게 말씀하신다면, 알겠습니다. 그러나 별로 달갑지는 않습니다.]

"부탁하겠소."

[이따 지부에서 뵙겠습니다.]

피월려는 고개를 끄덕이고는 걸음을 빠르게 옮기기 시작했다. 우선 주변의 지리를 파악한 후, 가장 빠른 길을 선택하여 목적지에 도착했다.

중심지와 각 성문 주변을 제외한 낙양 모든 곳에는 어디서든 찾아볼 수 있는 흔한 집채들이 있다. 그곳은 낙양 평민들의 삶터이다. 다양한 직업을 가진 평민들이 옹기종기 모여 삶의 냄새를 가득 뿜어내는 곳이다.

피월려가 간 곳은 북서쪽에 위치한 한 동네였다. 딱히 이름은 없는 곳으로 다른 곳보다 지리상 조금 높아, 사람들은 '윗동네' 혹은 '윗마을' 정도로 표현하는 곳이다. 그곳에서 피월려는 한 남루한 초가집에 들어갔다. 그의 발걸음은 마치 자기 집인 것처럼 자연스러웠다.

"계시오?"

피월려의 목소리는 허무하게 사라졌다. 그는 다시 한번 말했다.

"나요. 내 목소리를 기억하시오?"

이번에도 반응이 없을 줄 알았는데, 한쪽 벽면이 열리면서 사내가 얼굴을 내밀었다. 다른 곳으로 통하는 비밀 문인데, 이음새가 육안으로 확인이 안 될 정도로 정교한 것이었다.

그 남자가 말했다.

"여기요."

그는 좌추의 아들, 좌구조였다. 행색은 무척 수척했지만, 피월려는 그의 얼굴을 알아볼 수 있었다.

좌추는 죽기 전에 말했다. 자기의 모든 것을 자기 자식에게 남겼다고. 그러니 그의 것을 찾기 위해서는 좌구조를 만나는 것이 순서다.

피월려가 좌구조에게 물었다.

"잘 계셨소? 지내기 어떠시오?"

좌구조는 힘없는 미소를 지었다.

"뭐, 불편한 것은 없으나 딸아이가 조금 따분해하오. 하지만 전체적으로 괜찮소."

"나 말고 여기 찾아온 사람은 있소?"

"원래 이곳을 지키고 있었던 남자들 외에는 없었소."

이곳은 낙양지부의 마조대가 운영하는 은신처 중 하나였다. 피월려는 지화추에게 부탁하여, 좌구조의 가족을 위해서 한 곳을 내준 것이다. 좌구조가 말하는 남자들이란 은신처를 관리하는 마조대원이었다.

피월려가 말했다.

"가도무도 이곳을 찾지는 못할 것이오. 조금만 더 고생하시오."

좌구조는 걱정스러운 어조로 물었다.

"그런데 여긴 어쩐 일이오? 다른 어떤 일이 생긴 것이오?"

피월려는 안심하라며 손짓했다.

"그것이 아니라, 한 가지 묻고 싶은 것이 있어서 왔소."

"무엇을 말이요?"

"혹 좌추 어르신께서 남기신 것이 있소? 오해하지 마시오. 재물을 말하는 것이 아니라 서적 같은 것을 말하는 것이오."

좌구조는 잠시 생각하더니 느릿하게 대답했다.

"한 개 있긴 하오. 마지막으로 보았을 때, 남겨주신 유산 중 책이 하나 있긴 있었소. 그런데 그 내용을 전혀 읽을 수 없어 어떤 암호문이 아닌가했소."

장거주의 정실이 보여준 반응으로는 무공일 가능성이 컸다.

하지만 암호문이라면 뭔가 더 까다로운 내막이 숨겨져 있는 것이다.

"암호문? 흐음, 내가 그것을 보아도 되겠소?"

좌구조는 고개를 끄덕이고는 안으로 들어갔다. 그리고 반각 후, 밖으로 나와 그에게 얇은 책자 하나를 건네주었다.

"여기 있소."

확실히 무림인이 아니니 무공을 딱히 귀히 여기지 않는 듯했다. 피월려는 그것을 받아 재빨리 펼쳐 속독했다. 그런데 그 책을 읽으면 읽을수록 고개를 가로젓지 않을 수 없었다.

아무리 심오한 무공이라도 이런 식으로 적혀 있지는 않다. 의미가 어려워서 이해를 못할 수는 있어도 어순이 잘못되어 이해를 못하는 것은 의도적으로 그리 썼다고밖에 볼 수 없다.

피월려는 좌구조에게 물었다.

"이 암호문을 한번 해석해 봐야겠소. 내가 잠시 빌려도 되겠소?"

좌구조는 탐탁지 않다는 표정을 지었지만, 그와 그의 가족에게 은신처를 제공한 피월려의 말을 거절하기 어려웠다.

"꼭 돌려준다고 약조하면 내 빌려주겠소."

피월려는 즉시 말했다.

"약조하겠소."

"정 그렇다면… 어쩔 수 없군. 귀히 쓰시고 필히 다시 가져다주시길 바라겠소. 아무래도 아버지의 유산이라 마음이 쓰이오."

"감사하오."

피월려는 포권을 취했고, 좌구조는 씁쓸한 미소를 지었다.

"은인이니 당연한 것이오. 그런데 나도 한 가지 물어볼 말이 있소."

"물으시오."

"얼마나 더 이곳에 있어야 할지……. 그것이 의문이오."

"아마 적어도 이번 겨울은 이곳에서 보내는 것이 좋을 것이오. 햇빛이 점점 약해져서 가도무가 움직이기 매우 편한 시기이니 말이오. 여름이나 되어야 밤에도 함부로 움직일 수 없을 테니, 내년 여름쯤이 가장 적당하겠소."

"그럼 반년도 넘게 이곳에서 숨어 지내야 한단 말이오?"

다소 격앙된 어조였다.

피월려는 차가운 눈빛으로 좌구조를 응시하며 냉정하게 말했다.

"그 누구도 강요하는 사람은 없소. 떠나고 싶으면 언제든 떠나시오. 다만 내 충고를 무시하지 않으셨으면 하오. 생명은 귀한 것이니."

"……."

"내 빠른 시일 내에 되돌려 주겠소. 그럼 잘 지내시오."

좌구조는 뭔가 더 말하고 싶어 하는 듯했지만, 피월려의 단호한 어투에 마음에 있는 말을 꺼내지 못했다. 피월려는 그 생각을 읽었으나 더 귀찮아지기 전에 대화를 끝내고 싶은 마음에 미련 없이 몸을 돌렸다.

좌구조는 멀어지는 피월려의 등을 한참 보더니, 곧 비밀 문의 안쪽으로 들어갔다.

쪠 삼 십 오 장 (第三十五章)

이틀이 지났다.

서화능은 하오문과 협력하기로 한 후, 마조대를 하오문에 보내 비도혈문의 위치를 함께 파악하는 작업에 몰두했다. 그러면서 다른 한편으로는 나중에 쓰기 용이하도록 하오문의 비밀 정보를 낱낱이 긁어모았다. 그러자 하오문이 가진 방대한 양의 정보를 이틀 내에 모두 추릴 수 있었다. 적어도 하남성에서만큼은 하오문을 앞서는 정보력을 가지게 된 것이다.

그러나 비도혈문의 위치를 파악하는 데 있어서는 아무런 성과도 얻지 못했다.

그나마 아는 것이라고는 무영비주가 최근에 잠사가 되면서 얻은 영향력과 힘으로 비도혈문의 본가를 하남성으로 이전했다는 것이다. 언제, 어떻게, 어디로 움직였는지는 모든 것이 불투명했다.

비도혈문은 기본적으로 살막에 속해 있는 살문이기 때문에, 살막과 긴밀한 관계를 맺어온 하오문의 힘으로 쉽게 찾을 수 있을 줄 알았다. 하지만 오히려 그 점이 하오문과 마조대를 미궁 속으로 빠뜨렸다.

긴밀한 관계란 양쪽에 모두 적용되는 것이므로, 비도혈문 또한 하오문이 움직이는 경로와 방법들을 알고 있어 좀 더 교묘하고 은밀하게 숨을 수 있던 것이다.

때문에 수뇌부는 고민에 휩싸였고 박소을은 한 가지 계책을 내놓았다. 바로 무영비주에게 그들이 원하는 마공을 내어주면서, 그들의 위치를 파악하는 것이었다.

이 일은 무공보다는 말을 잘하고 사리 판단이 민첩한 사람이 해야만 하는 일로써, 박소을은 일대원 중 가장 심계가 뛰어나다고 생각한 피월려를 서슴없이 추천했다.

서화능이 이를 허락하며 피월려에게 공식적으로 임무를 내린 것이다.

피월려는 눈앞에 포한루가 보이자, 품에서 작은 전낭 하나를 꺼냈다. 그리고 그 속에서 오묘한 보랏빛이 나는 가루를 꺼내서 입에 넣고 꿀떡 삼켰다. 무색무취의 것이지만, 질감이 좋지 않아 그는 얼굴을 잔뜩 찌푸렸다. 헛구역질이 나올 것 같았지만, 주하의 말로는 위치를 정확히 추적하는 데 중요한 것이니 조금이라도 남기지 말고 꼭 먹으라고 했다. 그는 한동안 침을 삼키며 모두 배 속으로 넘긴 후에 포한루의 안으로 들어섰다.

그 안은 남아 있는 의자가 없을 정도로 많은 사람들이 있었는데, 일부는 서 있기까지 했다. 그들은 모두 피월려에게 한 번 눈길을 주고는 다시 제 할 일을 했다.

포한루 안은 밖과는 매우 달랐다. 포한루에 들어오기 전까지만 해도 그 많던 무림인이 어디 갔는지 눈을 씻고 찾아도 볼 수 없었는데, 안에 들어오자마자 이런 엄청난 인원이 숨어 있을 줄 꿈에도 몰랐다.

평소 같았으면 시끌벅적거리며 큰 소리로 노닥거릴 무림인들이 하나같이 기척을 죽이고 소곤소곤하고 있으니, 밖에서도 낌새를 느낄 수 없던 것이다.

소림파의 젊은 무승들이 산에서 내려와 도시의 무림인들을 하루 만에 모두 정리했다고 했었다.

그때 소림파의 위상이 두려웠던 많은 낭인들은 음지로 숨어들었다. 하지만 세간에는 아직도 황룡환세검공을 찾으려는 분위기가 조금도 수그러들지 않았다. 그들은 소림파가 눈에 보이지 않자, 하나둘씩 양지로 나오기 시작했다.

뜬구름 잡는 헛소문이라 생각했던 사람들도 낙양흑검의 출현과 소림파의 개입을 통해서 낙양에 뭔가 일이 일어나는 게 분명하다고 믿게 되었다.

황룡무가의 봉문과 진파진의 실종에서 끝났다면 지금 있는 낭인들의 숫자 중 반도 남아 있지 않았겠지만, 별일이 다 일어나는 무림에서도 드문 일이 연속적으로 발생하니 의문이 생기는 것이다. 그런 의문은 의혹을 낳고, 의혹은 소문을 낳았다.

피월려는 이 층으로 걸어가면서 귀를 기울여 무림인들이 하는 말을 들었다. 다들 황룡환세검공의 행방에 대해서 들은 정보들을 나누고 있었다.

개중에는 낙양흑검이 황룡환세검공을 무리하게 익혔다가 주화입마에 들었다든가, 소림파에서도 황룡환세검공을 탐내 낙양에 무승들을 파견했다든가, 혹은 청일문의 멸문이 황룡환세검공와 관련이 있다든가 하는 헛소문이 주를 이뤘지만, 천마신교의 개입이 있었다는 식의 꽤 정확한 것도 있었다.

피월려는 이 층으로 올라가 주변을 살폈고, 곧 먼 창가에 앉아 있는 무영비주를 발견했다.

무영비주는 다리를 상 위에 올려놓고 술병을 흔들면서 피월려에게 인사하고 있었다. 그는 무영비주에게 걸어갔다. 그런데 이 층 정중앙에 앉은 여섯 명의 젊은 미남 미녀가 이 층이 떠나가도록 크게 대화를 나누고 있었다.

"으하하하하! 과연 소저의 말씀이 옳으시오. 내 기필코 그리하도록 하겠소."

"호호호. 소녀는 공자께서 그리하실 줄 믿어요."

"오라버니! 나는요? 나는 안 해줄 거예요?"

피월려는 이 층 중앙에서 시끄럽게 떠들어대는 여섯 명의 젊은 남녀에게 슬쩍 눈짓하며 얼굴을 찌푸렸다. 그러나 무영비주가 피식 웃더니, 아직 마개를 열지 않은 새 술병을 피월려에게 건네며 말했다.

"뭐, 어린 친구들 아닌가? 약관도 지나지 않은 녀석들이 반이 넘어. 십칠 세도 있지."

피월려는 자리에 앉으며 말했다.

"나이까지 알다니……. 관심이 많군. 어디 애들이야?"

"구룡사봉 중 여섯. 아, 전 구룡사봉이군. 이젠 오룡사봉이지."

피월려가 천마신교에 입교할 당시, 낙양지부에서는 구룡사봉의 숫자를 줄이는 임무가 있었다. 그 와중에 황룡무가의 금룡 진설혼과 낙양제일미 진설린까지 연루되었고 피월려도 입교하는 계기가 되었다.

한 달 전쯤, 먼발치에서 본 것을 제외하면 이렇게 가까이서 보는 것은 처음이다.

이제 보니 완전 꼬마들이 아닌가?

피월려는 중얼거렸다.

"아, 백도의 후기지수 말이군."

"기밀이지만……. 우리는 마교에서 처리한 걸로 알고 있는데? 아닌가?"

무영비주의 질문에 피월려는 마개를 열고 술잔에 술을 따랐다.

"쓸데없는 걸 묻는군. 얼마나 기다렸지?"

"별로."

"식사는?"

"뭐, 밥이라도 먹으려고?"

"어."

"……"

"배고파."

"천하태평하군."

"점소이!"

피월려의 목소리에는 짜증이 가득 담겨 있었고, 매우 컸다. 그 큰 소리에 오룡사봉의 대화가 잠시 끊겼고, 그들은 놀란 혹은 불쾌한 눈빛으로 바라보았다. 하지만 피월려의 시선은 그들에게 후다닥 달려오는 점소이에 고정되어 있었다.

많이 쳐줘도 열다섯을 넘지 않은 듯한 점소이는 피월려의 심기를 거스르지 않기 위해서 억지스러운 미소를 얼굴에 띠고 말했다.

"예예. 무슨 일이십니까?"

"만두하고 소면 좀 내와. 각각 일 인분으로."

무영비주는 술병에서 입술을 뗐다.

"난 안 먹어."

"난 준다고 한 적 없어. 내가 다 먹을 거야."

"……."

"뭐 해? 안 가고?"

"아, 예. 금방 내오겠습니다."

점소이가 경공을 방불케 하는 속도로 빠르게 계단을 내려가자, 피월려는 거칠게 술병을 들고는 입에 털어 넣었다. 그런 그를 위아래로 훑은 무영비주는 조심스럽게 물었다.

"안 좋은 일이라도 있나?"

"없어, 그런 거."

"그럼 왜 그러지? 기분이 안 좋아 보이는데?"

"저 애송이들을 보니 그냥 짜증이 나는군."

"왜? 곱게 자란 녀석들이 부러운 건가?"

"어."

빠른 대답이었다.

무영비주는 눈을 동그랗게 떴다.

"설마 순순히 인정할 줄은 몰랐는데."

"됐고. 저 애송이들은 왜 아직도 낙양에 있는 거야? 지 친구들이 죽어나간 곳인데, 자기 가문에 돌아가지 않고."

"사건의 진상을 밝히겠다고 저러고 있어. 저놈들은 나름 매우 진지하다고."

"지랄. 영웅놀이 하겠다는 걸로밖에 안 보여."

"그래도 집에 돌아간 세 명은 진정으로 슬퍼할 줄 아는 녀석들이니, 백도의 미래가 그리 어두운 것만은 아니지."

"진정으로 슬퍼할 줄 알거나, 진정으로 두려워할 줄 아는 거겠지."

"둘 중 뭐가 됐든, 오십 년 후의 백도는 그 세 명이 이끌게 될 거야."

"그들이 누구지?"

"아미의 한봉(寒鳳) 옥빙련, 남궁의 검룡(劍龍) 남궁호, 제갈의 지룡(智龍) 제갈구. 저기 앉아 있는 녀석들도 알려줄까?"

"아니, 어차피 적당히 살다 뒈질 놈들의 이름은 알 필요가 없지."

"큭큭큭."

무영비주의 웃음이 끝나기 전에, 점소이는 소면과 만두를 내왔다. 반각도 걸리지 않고 내온 것을 보면, 미리 구워둔 만두와 끓인 국물에 익힌 면만 담아 내온 것이 틀림없었다. 고급스럽지도 않은 평범한 객잔에서 먹을 만한 평범한 음식 수준이었다.

피월려는 두 접시를 받아 자기 앞에 딱 두고는 젓가락을 빠르게 놀려 음식을 입속에 넣기 시작했다. 그 모습을 빤히 보던 무영비주가 넌지시 말했다.

"어떻게 하나도 줄 생각을 안 하지?"

피월려는 젓가락을 멈추고 무영비주를 올려다보았다. 그러나 빠른 박자로 움직이는 턱을 멈추진 않을 것 같았다.

부풀려진 그의 양 볼은 그의 입안 상황을 잘 표현하고 있었다.

겨우 음식을 모두 삼킨 피월려가 힘겹게 말했다.

"줄까?"

무영비주는 눈살을 찌푸리며 손을 내저었다.

"됐다."

"싱겁기는."

피월려는 다시 고개를 숙이고 먹는 것에 집중했다. 반각이 흘렀을까? 접시를 들어 소면의 국물을 꼴깍꼴깍 마시는 것으로 피월려는 식사를 끝마쳤다.

탁!

접시를 내려놓는 손길과 천장을 향한 고개가 피월려의 포만감을 잘 대변했다. 무영비주는 몸을 앞으로 기울이며 작은 목소리로 말했다.

"이제 일 얘기 좀 해볼까?"

피월려는 입가를 닦으며 말했다.

"좋아."

"아, 그 전에. 내가 용조한테……."

"크흠."

"……."

의도적인 기침이다. 피월려의 눈빛도 그렇게 말하고 있었다.

무영비주는 피월려가 자기의 말을 자른 이유를 잠시 생각하고는 전음으로 말했다.

[혹 누가…….]

"크흠!"

"……."

이번에도 의도적이다.

피월려는 눈썹을 들쑥날쑥하며 뭔가 신호를 보내고 있었다.

무영비주는 그것이 말하지 말라는 의미라는 것은 파악했지만 그 이유를 알 수는 없었다.

전음조차 안 된다면 전음을 엿들을 수 있는 수준이라는 뜻인데, 그것은 조화경의 고수라도 어려운 일이다. 그렇다면 그의 입 모양을 보고 파악한다는 말이니 그것만 조심하면 될 일이다.

무영비주는 입술을 움직이지 않고 전음을 보내는 방법을 안다. 살막의 일급 살수 정도 되니 그 정도는 당연했다. 하지만 그 방법은 보통의 전음과 달리 매우 까다로웠기에, 의사소통을 편히 할 수는 없었다.

무영비주는 심혈을 기울여 입모양을 움직이지 않고 겨우 한 문장을 완성하여 보낼 수 있었다.

[전에 그 여인인가?]

짧은 질문이지만 핵심적이었다. 피월려는 고개를 살포시 끄덕이는 것으로 대답했다.

용조가 얽힌 일은, 피월려와 무영비주 간의 비밀이다. 천마신교나 살막에서 그 일에 대한 정확한 사실을 알게 되면 양쪽에 화가 미치게 된다.

피월려와 동행하는 주하는 천마신교에 절대적으로 충성하는 마인이니 이 대화가 그녀의 귀에 들어가면 천마신교에서도 알게 될 가능성이 컸다. 그래서 피월려는 그것에 대해 대화하고 싶지 않아, 헛기침을 통해서 무영비주의 말을 막은 것이다.

무영비주로서는 답답하기 그지없었다. 하오문주의 최근 동향으로는 마치 그 일에 대해 본격적으로 조사하려는 것 같았기 때문이다.

살막의 하남성 잠사로 얻은 영향력으로도 하오문주의 영향력을 막는 것이 버겁다. 그에 대해서는 피월려와 확실히 논의해 대비하지 않으면 분명 밝혀지게 될 것이다.

한시가 급한 일이지만, 그 일을 논하는 것은 다음으로 미뤄야 한다.

무영비주는 타들어가는 입술을 물고, 주먹으로 상 위를 툭툭 치는 것으로 불안감을 해소했다.

피월려가 말했다.

"일 이야기 좀 하자면서?"

태연하게 묻는 피월려를 보며 무영비주는 입술을 틀었다.

"그랬지……. 서화능이 말한 그 비급. 가져왔나?"

무영비주는 비도혈문이 천마신교에 입교하기 위한 조건으로 비도혈문의 불완전한 마공을 완성시킬 수 있는 비급을 요구했었다. 무영비주는 그것을 말하는 것이다.

피월려가 눈을 날카롭게 뜨며 대답했다.

"그 질문에 대답하기 전에, 내가 확인해야 하는 사항이 있어."

"뭔데?"

"네 가문의 어른들을 직접 뵈어야겠어."

"뭐?"

"지부장께서는 네 가문의 어른들을 직접 보고 네 말의 진위 여부를 확인한 뒤에 비급을 넘기라고 했다."

무영비주는 이를 한번 바득 간 뒤에, 씹어 내뱉듯 말했다.

"입교 제의를 받아들였다는 소식에는 그런 조건이 없었다."

피월려는 슬며시 웃으며 턱을 반쯤 들었는데, 다리를 상에 올리고 몸을 뒤로 누인 무영비주보다도 콧대가 더 높아졌다.

피월려가 비아냥거리듯 말했다.

"뭐 어쩌겠어, 생겨 버린 걸. 비도혈문에서는 받아들이는 수밖에 없잖아? 뭘 요구하는 것도 아니고, 고작 가문의 어른들을 직접 보겠다는 조건인데 민감하게 반응하는군."

무영비주는 숨을 크게 들이마시더니 다리를 상에서 내렸다. 쿵쿵거리는 소리를 내며 하나씩 보란 듯이 내리는 것이, 매우 기분이 좋지 않은 듯했다.

"사정을 들어 알 텐데? 어르신들께서는 몸이 불편하시다. 함부로 거동하지도 못해."

"설마 가문의 어른들이 직접 움직이라고 말할까. 자고로 노인은 공경해야 마땅하지."

"그러면?"

"내가 직접 비도혈문의 본가로 찾아가서 만나뵐 것이다. 이건 비도혈문과 천마신교 간의 협약이니, 비도혈문의 문주를 직접 보는 것은 당연한 거야."

"나도 교주를 본 적은 없다. 또한 천마신교 본산에 가지도 않았지."

"설마 천마신교와 비도혈문을 동급으로 생각한 거야? 아니지. 낙양지부와 비도혈문을 동급으로 생각하는 것이 옳지. 비도혈문의 대표인 네가 지부에 들어왔고 지부장을 만났으니, 낙양지부의 대표인 내가 비도혈문에 들어가 비도혈문의 문주를 만나는 것이 수순 아니겠어?"

"내 가문이… 한낱 지부와 동급이라는 말이냐?"

"한낱 지부라… 말이 묘하군."

"……."

"……."

한동안 말없는 침묵이 돌았다.

피월려의 거만한 눈빛과 무영비주의 서늘한 눈빛은 그 사이에 묘한 기류를 만들었다. 이 층에 앉아 있는 많은 사람 중그 기운을 눈치챈 사람은 고작 세 명에 불과할 정도로 은밀했지만, 그 사람들이 일말의 고민도 하지 않고 계단으로 내려갈 정도로 진했다.

먼저 입을 연 것은 무영비주였다. 의외로 침착하고 부드러운 말투였다.

"비도혈문… 아니, 비도문에 마지막으로 외인이 들어온 것은 오십 년 전이다. 사천당문에게 크게 패배하고 나서 피난하는 와중에 많은 도움을 준 은인이었지. 그런데 사천당문에서 현상금을 크게 내걸자, 그자는 우리의 거처를 그들에게 폭로했다. 현상금이 너무나도 크니, 아무리 선한 사람이라도 혹하지 않을 리가 없었지. 때문에 안 그래도 패잔병같이 엉망진창이었던 우리가 멸문 직전까지 갔지."

"갑자기 그 이야기를 왜 꺼내는 거지?"

"들어보면 알아. 하여간 덕분에 비도문은 도저히 문파로서 연명할 수 없었다. 사천의 상권을 오 할 이상 주무르던 비도문이 쌀이 없어서 굶어 죽을 지경까지 갔지. 결국 배고픔은 우리의 자존심과 정체성까지 빼앗았다. 비도를 암기(暗器)가 아니라 무기(武器)로 인정받고 비도술을 암공(暗功)이 아니라 무공으로 인정받는 것… 그것이 비도문이 창시된 본래 목적이다. 그런데 그것을 송두리째 엎어버리는 결정을 내릴 수밖에 없게 된 것이다. 무림방파에서 살문이 된 비도문은 비도혈문으로 이름이 바뀌고, 비도문의 촉망받던 후기지수들은 모두 비도혈문의 잔혹한 무영비주가 되었지."

"……"

담담한 말임에도, 피월려는 아무런 말을 할 수 없는 이상한 압박감을 받았다. 그것은 단순히 강력한 내공에서 오는 것이 아닌, 사람의 마음속 깊은 곳에 자리 잡은 한(恨)에 뿌리를 박은 기운이기 때문이었다.

"십 년이 지나 살문으로 어느 정도 입지가 굳어지니, 그 배신자에게 복수할 수 있는 여유가 생겼다. 비도혈문은 살막과 하오문의 힘으로 그자를 수소문했고, 그자의 가족과 친척… 그리고 그자의 고향에 살고 있는 그자의 성을 가진 이들을 모두 도륙했다. 총 이백이 조금 넘었지. 그리고 그들의 머리를 모두 잘라 사천당문에 보냈다. 좋은 선전포고였지. 그때 이후로 우리가 살아남았다는 것을 알게 된 그들은 무영비주를 보는 즉시 척결했고, 우리도 사천당문의 인물을 보는 즉시 척결했다. 그 이후로는 재밌는 일투성이였지. 큭큭큭."

무영비주의 말이 진행되면 진행될수록 몸에서 탁한 기운이 서서히 피어났다. 그것은 이 층 전각을 서서히 메우기 시작했고, 무림인이 아닌 사람들조차 불안감을 느낄 정도로 강해지기 시작했다.

피월려는 이 기운이 익숙했다. 천마신교 안에서는 매일같이 경험하는 마기였기 때문이다.

귀찮은 일에 휘말리기 싫은 무림인들은 점차 이 층에서 내려갔지만, 한 부류의 인물들은 오히려 내공을 끌어 올리며 투기를 불태웠다.

무림에서는 아무런 상관도 없는 일에는 최대한 얽히지 않는 것이 상책이나 그런 지혜는 거친 삶에서나 배울 수 있는 것이다. 귀한 집에서 귀한 영약을 먹고 귀한 무공을 익히며

귀하게 자란 구룡사봉에게는 기대할 수 없는 덕목이다.

세 명 중 가장 호리호리하지만 여인처럼 아름다운 얼굴을 가진 청년이 무영비주와 피월러에게 다가왔다. 거침없는 발걸음에는 묵직한 내공이 느껴졌고, 뿜어지는 눈빛은 매우 총명했다.

살결을 떨리게 만드는 마기 속에서도 자신감이 넘치는 기세로 무영비주를 내려다보던 그는 뒤에서 반짝이는 눈으로 지켜보는 세 명의 여인들을 슬쩍 흘겨보더니 이내 굵직한 목소리로 말하기 시작했다.

"마기를 뿜는 것을 보아하니 틀림없이 마인이시구려. 마침 이 자리에 우리 구룡사봉이 있는 것으로 보아 그대의 천운이 다한 듯하오. 마음 같아서는 살생하고 싶지 않으나, 우린 최근에 피붙이처럼 아끼는 형제들을 잃은 터라 적에게 자비를 베풀고 싶은 마음이 없소. 검을 뽑으시오. 최소한 대련은 하다 죽게 해주겠소."

피월려는 청년의 얼굴에서 뒤쪽으로 시선을 옮겼다. 그곳에는 사랑, 존경, 놀람이 담긴 눈빛으로 그를 바라보는 미녀 셋과, 아쉬움과 질투가 담긴 눈빛으로 그를 바라보는 청년 둘이 있었다.

피월려는 고개를 창가로 빠르게 돌렸다. 안 그랬다가는 엄청 웃어버릴 것이고, 웃어버린다면 일이 커지게 될 것이고, 일이 커진다면 매우 귀찮아질 것이 분명했기 때문이다. 그러나 무영비주는 딱히 자기의 감정을 숨기고 싶은 생각이 없는지 귀까지 걸리는 미소를 얼굴에 그리면서 고개를 옆으로 꺾어 고개를 숙인 피월려를 올려보았다.

똑똑!

무영비주가 주먹으로 상을 두어 번 치니 피월려가 가까스로 웃음을 참는 표정으로 그를 보았다. 무영비주는 어깨를 들썩이며 말했다.

"말했잖아. 그 이후에는 이런 재밌는 일투성이라니까? 큭큭큭."

피월려는 결국 웃음을 참지 못했다.

"푸흡, 크하하."

두 남자의 웃음으로 완전히 무시당한 청년의 얼굴이 붉으락푸르락해졌다.

다시금 고개를 돌려 뒤를 본 그는 여인 세 명과 청년 두 명의 눈빛이 확연하게 달라진 것을 느꼈다. 사랑은 걱정으로, 존경은 실망으로, 놀람은 경시로, 아쉬움은 안도로, 질투는 조롱으로 변해 있었다.

청년은 표정을 일그러뜨리며 양손을 퉁겼다. 그러자 여덟 개의 비도가 즉시 그의 손가락 사이로 쥐어졌다.

"본 공자를 모욕한 죄! 죽음으로 사죄하거라!"

그 남자는 큰 소리로 외치며 양손을 크게 휘둘렀다. 그러자 여덟 개의 비도에 검은빛의 내력이 일순간 담기면서 무영비주를 향해 쏘아졌다.

매우 가까운 거리인 만큼 피하기 불가능한 매서운 공격이었다. 그래도 구룡사봉은 구룡사봉이라고, 무공 실력만큼은 하수로 단정 지을 수 없는 듯했다.

쇄에엑!

여덟 개의 비도가 공기를 찢으며 무영비주의 육신에 꽂히기 직전, 햇빛을 번쩍 반사하는 무언가가 빠른 속도로 공중을 헤엄쳤다.

피잉—!

곧 맑은 소리가 울리더니 절대로 멈추지 않을 것 같던 여덟 개의 비도가 갑자기 전 방향으로 난반사했다.

눈으로 쫓기 힘든 무영비가 움직이면서 무영사로 망(網)을 만든 것이다. 여덟 개가 튕겨지는데 하나의 소리만 나니 무영비로 검로를 그리는 능력이 얼마나 뛰어난지 잘 말해주고 있었다.

피월려는 고개를 슬쩍 꺾으며 튕겨진 비도 하나를 손쉽게 피해냈다. 그런데 그는 그 순간 이상한 것을 보았다. 무영사는 분명히 비도는 튕겨냈지만, 그 속에 담긴 검은 기운이 망을 뚫더니 그대로 파고든 것이다. 그것은 순식간에 무영비주의 육체 안으로 자취를 감추었다.

그때였다.

"크악!"

청년은 갑자기 뒤로 벌러덩 넘어지며 비명을 질렀다. 그 청년의 심장이 있는 자리에 핏빛으로 검신을 드러낸 무영비 하나가 깊숙이 박혀 있었다.

무영비주는 무영비를 회수하며 술병 하나를 낚아챘다. 그는 그것을 벌컥벌컥 들이켜더니 바닥에서 몸을 바들바들 떨고 있는 청년을 향해 말했다.

"그래도 암룡(暗龍)이라는 이름이 아깝지 않았어. 그 나이에 비독지경(飛毒支境)을 시전하다니."

암룡이라 불린 그 청년은 양 눈동자를 힘겹게 무영비주에게로 옮겼다. 지독한 살기를 담은 두 눈은 서서히 그 빛을 잃어가고 있었다. 그는 끊임없이 피를 토하는 입으로 겨우겨우 말했다.

"서, 설마. 쿨컥. 무영비주… 일 줄이야. 하, 하지만 네놈도, 곧 죽을, 쿨컥. 죽… 죽을……."

"아니, 걱정 마. 난 안 죽으니까."

무영비주는 품속에서 말라비틀어진 식물 하나를 꺼내 들더니 죽어가는 암룡 앞에 그것을 흔들어 보였다. 점점 흐려지는 암룡의 눈빛에 울분이 감돌기 시작하자, 악마 같은 미소가 무영비주의 얼굴에 서서히 떠올랐다.

"개… 개새, 쿨컥. 씨… 씹어… 머……."

암룡은 눈을 감지도 못하고 곧 숨을 거두었다. 무영비주는 손을 펼쳐 두 무영비를 공중에 띄우면서 그 말라비틀어진 식물을 입에 물고 씹기 시작했다. 그러면서 그는 눈이 두려움으로 물든 다섯 남녀에게 마기를 폭사시켰다.

"이것은 당문과 비도혈문 간의 일이다. 삼류무사도 아는 그 불구대천(不俱戴天)의 악연을 모르진 않겠지. 관여하는 건 네 놈들 자유지만, 이대로 떠난다면 나도 관여치 않겠다."

그들은 모두 검을 뽑아 들었다. 그러나 서로 눈치만 볼 뿐 싸우려 하지도, 도망가려 하지도 않았다.

싸우기에는 죽음이 두렵고 도망가기에는 자존심이 허락하지 않는 것이다. 피월려는 그들에게서 한심함 외에 다른 감정을 느낄 수가 없었다.

그런데 그중 딱 한 명, 눈빛에서 두려움이나 수치심을 찾아볼 수 없는 젊은 미인이 있었다. 그녀는 서서히 검을 내리면서 앞으로 나왔다.

"백도에서는 절대 이 일을 잊지 않을 거예요. 우리는 함구하지도 않을 것이고. 그럼에도 우리를 정말로 보내주실 건가요?"

그녀의 말이 끝나기 무섭게 한 청년이 소리쳤다.

"정 소저! 어찌 그런 말을 하는 것이오. 암룡이 눈앞에서 죽었는데 당연히 복수해야 하지……."

그러나 정 소저라 불린 그 여인은 단호하게 말을 잘랐다.

"이 대협! 저자는 무영비주예요. 이 대협과 하 대협의 실력으로 충분히 물리치실 줄 믿습니다만, 그 와중에 무공이 부족한 세 명의 여인을 모두 보호하실 수는 없을 거예요."

이 대협이라 불린 청년은 떨리는 눈빛으로 여인 세 명을 차례대로 보더니 결심했다는 듯한 표정으로 무영비주에게 말했다.

"무영비주! 내가 여인들과 함께하고 있다는 것을 다행으로 생각해라. 내가 친우의 복수보다 여인의 생명을 더 중요하게 생각하는 군자가 아니었다면 오늘 네 명줄은 마감했을 것이다. 흥!"

청년은 몸을 돌려 계단으로 향했다. 한 발씩 크게 움직이는 것이 겉으로는 거침없어 보였지만, 미미하게 떨리는 다리를 완전히 감출 수는 없었다.

그의 뒤로 다른 여인들과 청년들도 서둘러 계단을 내려갔다. 하지만 정 소저라 불린 여인은 끝까지 무영비주와 피월려를 경계하며 조심스럽게 후퇴했다.

그렇게 그들이 모두 가고 나자, 무영비주가 중얼거렸다.

"정채린에 관한 신상 정보를 고쳐야 되겠어. 매화검수 사건

이후로 계속 주춤하더니, 드디어 화산에서도 인물이 나오기 시작하는군."

무영비주가 마기를 모두 거두면서 무영비를 회수하자 피월려 또한 극양혈마공을 진정시키면서 물었다.

"왜지?"

"뭐가?"

"왜 이런 귀찮은 일을 한 것이지? 대낮에 객잔에서……. 그것도 구룡사봉 중 하나를 죽여? 암살도 아니고 대놓고 그냥?"

"무영비주는 당문의 인물을 보면 이유를 불문하고 척살해야 한다. 오늘 암룡이 내 눈에 들어왔고, 따라서 가법대로 처리한 것뿐이야."

"당문의 후기지수가 이 객잔에 있다는 걸 알고 이곳으로 장소를 잡은 거군. 처음부터 노렸어."

"무슨 소리를 하는지 모르겠다."

"……."

"아까 하던 이야기나 마저 하자고. 어르신들을 직접 만나는 건 매우 불쾌하지만, 마교에서 비급을 주지 않으면 비도혈문 자체가 사라질지 모르니 어쩔 수 없지. 좋아, 제안을 받아들이겠어. 하지만 조심하라고. 비도혈문에 대해서 누설하면 어떤 꼴을 당할지 모르니까."

피월려는 암룡에게 시선을 던지며 말했다.

"설마 나에게 경고하기 위해서 이런 일을 벌인 건가?"

무영비주는 피월려의 시선을 따라 눈길을 주면서 대답했다.

"이건 그냥 가법을 따른 거라니까."

"하아……."

한숨을 쉬는 피월려의 눈에 죽은 암룡이 보였다.

이런 귀찮은 일에 휘말리게 만든 것도 다 무영비주의 계략일 것이다. 구룡사봉 앞에서 무영비주와 한패인 것처럼 보였으니 이미 백도는 그가 비도혈문과 함께한다고 생각할 것이다.

이대로 손을 안 잡으면 피월려 개인에게 지대한 손실이 생긴다. 비도혈문과 아무런 상관도 없으면서 덜컥 책임을 지게되는 것이다.

피월려는 다시 한번 바닥이 떠나가라 깊은 한숨을 내쉬었다.

"이렇게 된 이상, 당장 가야겠어."

"뭐?"

"당장 네 본가에 가야겠다고."

"설마 지금 말인가?"

무영비주는 당황한 듯했다. 피월려는 위협적으로 표정을 구기며 이를 드러내 보였다.

"이런 짓거리까지 해서 나를 귀찮게 만들었잖아? 당장에라도 본가에 가서 일을 완전히 매듭져야겠어."

"흐음……. 글쎄. 생각해 봐야겠는데."

"닥쳐! 이번 일이 붕 뜨면 나만 개고생이야. 인연도 없는 당문이랑 갑자기 철천지원수가 됐다!"

"아무리 그래도 시일을 잡고 지부장의 허락을 받아야 하지 않나?"

"아니! 지금 당장 가서 해결 보는 것이 오히려 가장 안전하지. 걱정 마, 이 일의 전권은 나한테 위임되어 있으니까."

무영비주는 잠시 생각하더니, 뜻밖이라는 눈빛으로 피월려를 보았다.

"설마 네가 이리도 충동적으로 결정할지는 꿈에도 몰랐군."

"때로는 충동적인 결정이 가장 상책일 때도 있지."

"흐음, 너 같은 성격의 소유자가 깨달을 만한 종류의 지혜는 아닌 것 같은데."

피월려는 냉철하고 계산적인 사람이기 때문에 무영비주가 그리 말한 것이다. 피월려는 좌추를 생각하며 중얼거렸다.

"한 늙은 도둑의 가르침이지. 하여간 당장 본가에 가도 문제 없지?"

무영비주는 고개를 가로저었다.

"말했다시피 직접적으로 가문의 위치를 노출하는 건 절대로 허락할 수 없는 부분이다. 지금 널 데리고 가는 건 힘들어."

피월려는 극양혈마공을 끌어 올리며 목소리에 마기를 담았다.

"미안하지만 난 가야겠어. 네놈이 암룡을 죽이는 짓까지 하며 나를 엮으려 한 만큼 이건 절대 양보할 수 없다."

"……."

무영비주는 분노하는 피월려를 물끄러미 보았다. 상황을 유리하게 만들기 위해서 암룡을 죽인 것인데 생각보다 피월려가 심하게 대응했다.

요구를 들어주지 않았다가는 생사혈전이라도 할 것 같았다.

그는 최선의 방법을 제안했다.

"좋다. 지금 가지. 다만, 내가 여기서 너를 기절시킨 뒤에 성을 나가겠다. 절대 본가로 가는 길을 기억하게 할 수는 없어. 적어도 반나절 후에 깨울 테니, 이 정도는 네가 감수해라."

"뭐? 그걸 말이라고 하나? 널 어떻게 믿고?"

"비도혈문의 위치는 비도혈문에게 있어 모든 것이다. 마공이 없어 죽나, 위치가 노출돼서 죽나 결국 둘 다 매한가지야. 마공을 확실히 얻기 전까지, 본가의 위치를 노출시킬 수는 없다. 네가 알아서 결정해라. 이제 곧 사람이 몰려올 테니."

벌써 아래층에서 사람들이 웅성거리는 소리가 들리기 시작했다.

피월려는 내키지 않았지만, 무영비주의 제안을 받아들일 수밖에 없었다.

피월려가 말했다.

"알겠다."

무영비주는 즉시 손을 뻗었고, 뒷목이 잡힌 피월려는 곧 정신을 놓았다.

＊　　　　＊　　　　＊

피월려가 눈을 뜬 시간은 막 자시(子時)를 넘어가는 때였다.

초승에서 보름으로 넘어가는 달의 빛은 매우 밝았다. 가을 하늘이라 구름도 없어 그 빛을 가리는 것이 없으니 다른 때의 보름달보다 더욱 빛나는 것 같았다. 그것은 깨끗한 밤하늘의 수많은 별빛과 어우러져 한 폭의 그림을 그려내고 있었다.

피월려는 가래를 모아 뱉었다.

"카악― 퉤!"

그 소리를 들은 무영비주는 손길을 멈췄다.

"일어났나?"

피월려가 보니, 그는 작은 모닥불을 피우고 있었다. 어디서 가져왔는지 모를 마른 장작을 옆에 쌓아두고 하나둘씩 뜨거운 불길 속으로 집어넣었다.

피월려는 자리에서 일어나면서 무의식적으로 목에 손을 가져갔다.

"물 있나? 이상하게 목이 텁텁하군."

"아마 목이 말라서 그런 건 아닐 것이다."

"그게 무슨 뜻… 뭐, 뭐야?"

순간 화끈거린 손가락을 내려다보며 피월려는 일순간 멍해지는 듯했다.

그의 손가락에는 새빨간 선혈이 묻어 있었기 때문이다. 그것은 지금 막 생긴 파릇파릇한 상처였다.

무영비주가 담담하게 말했다.

"딴생각을 품을까 봐 감아놨다."

주어가 생략되어 있었지만 피월려는 무영비주의 말을 바로 이해할 수 있었다.

"설마 지금 내 목에 감겨 있는 것이 무영사인가?"

"정확히 아는군."

"……"

"점혈도 안 통하잖아? 그렇다고 예전처럼 무영사로 칭칭 감기에는 우호 관계에 있으니까 예의가 아닌 것 같아서."

"예의가 아니야? 그래서 개처럼 목줄을 감는다고?"

"온몸을 포박하는 것보다는 훨씬 낫지."

피월려는 기가 막혔다.

"날 좀 더 신용하는 건 어때?"

"널 신용하지 못해서 그런 건 아니야."

"그러면?"

"네 반응이 어떨지 몰라서 그런 것이다."

"반응?"

"용조가 함께 있다."

"……."

"곧 사냥을 마치고 돌아올 거다. 지금까지 쉬지 않고 달려왔으니 허기를 달래야지."

용조가 함께 있다는 것은 곧 그때의 일에 대해서 대화를 하겠다는 것이다. 하지만 피월려는 주하가 함께 있는 터라 그럴 수 없었다.

포한루에서는 확실히 의미를 알아들은 것 같은데, 무영비주는 그녀를 간과하는 듯 보였다.

"내 말을 이해하지 못한 것 같은데……."

"걱정 마. 그 누구도 내 행적을 추격하지 못했을 테니까. 네 놈을 따라다니는 여살수도 예외는 아니지."

"그녀를 함부로 과소평가하다간 큰코다칠걸?"

"단순히 빠르게 달리고 말고를 말하는 것이 아니다. 살막에서도 특급으로 분류된 살수의 길로 움직였다. 미리 알지 못한다면 조화경의 고수도 못 따라온다."

피월려는 코웃음 쳤다. 진파진의 위세를 직접 눈으로 목격한 그는 조화경의 고수가 실제로 얼마나 거대한 산인지 뼈저리게 알고 있었기 때문이다.

"하! 너무 자신하는군. 조화경의 고수를 본 적이라도 있나?"

"방금 말한 건 실제로 있었던 일이다. 조화경의 고수에게 추격당하던 살막의 일급 살수가 살수의 길을 이용하여 거뜬히 그를 따돌렸었지."

"정말인가?"

"그래. 그러니까 더는 걱정 말아."

피월려는 잠시 고민하는 척하며 전음으로 주하를 불렀다. 그러나 주변에 없는지, 아무런 대답도 하지 않았다. 추적하지 못한 듯하다.

그는 안심하며 말했다.

"뭐, 그렇게까지 말한다면야."

그렇게 중얼거린 피월려는 잠시 눈을 감고 가부좌를 틀었다. 그리고 극양혈마공을 운용하면서 몸 안의 기운을 살폈는데 내적으로는 아무런 이상도 찾을 수 없었다.

그가 눈을 뜨자 무영비주가 말했다.

"용조가 오기 전에 잠깐 할 말이 있다."

피월려는 눈을 감은 채로 말했다.

"뭐지?"

"하오문주에 관한 이야기야. 그냥 짐작이지만, 하오문주가 그 일에 대해서 뭔가 낌새를 차린 것 같다."

"그래, 그런 것 같더군."

벌컥 화를 낼 줄 알았는데 담담하게 대꾸하니 무영비주는 묻지 않을 수 없었다.

"이미… 그 사실을 알고 있었던 것이냐?"

"하오문주와도 이야기가 오고 갔었어. 그때 그 일을 언급했다."

"…골치 아프군."

"너나 나나 그 일이 알려지면 더 골치 아프지. 신물주나 잠사나 양쪽의 중요 인물이니 우리가 작당했다는 게 밝혀지면 최악의 경우 양쪽에게 다 추살을 당할 수 있어."

무영비주는 잠시 말없이 불길을 보다 툭 던지듯 말했다.

"일단 상황을 파악해야겠어. 마교에서는 그 일을 어떻게 보고 있지?"

피월려가 대답했다.

"잠사의 죽음은 관심도 없지만, 신물주에 관해서는 매우 예민하게 생각해. 어떻게 하다 보니까 가도무가 그를 죽였다고 판단하고 있다. 하지만 외관상으로는 하오문이 했다고 주장하지. 나를 암살하려는 과정에서 신물주가 죽은 것이니, 그 배후에 있었던 하오문이 책임을 져야 한다고 말이다. 살막과 하오문에서는 어떻게 보지?"

"내가 홀로 잠사를 암살한 걸로 알고 있지. 외부의 도움 없이 말이야. 때문에 살막에서 나를 다음 잠사로 인정한 것이고. 신물주에 관해서는 아직 모르거나 천마신교와 동일한 시각을 가지고 있을 것이다."

피월려는 턱으로 손을 가져왔다.

"문제는 하오문주가 구린내를 맡았다는 것이고……."

"하오문주가 알게 되면 살막주도 알게 된다. 그러면 내가 잠사의 위치에서 물러나는 것은 정해진 수순이지. 내가 천마신교의 도움을 받아 잠사를 죽인 것을 그들이 알게 되면 비도혈문이 살막에서 추방당할 수도 있어."

피월려는 전에 무영비주와 나눴던 대화를 상기하며 웃었다.

"큭큭큭. 그러고 보니 나무 위에서는 알려져도 상관없다고 말하지 않았나? 그거 허세였군?"

"상황이 달라진 것이지. 진짜로 들통날 줄은 몰랐다."

"갑과 갑으로 있고 싶다고 했던가? 이건 갑과 갑이 아니라 을과 을이 된 꼴이야."

"그래, 엿 같은 상황이지."

나지막하게 말한 무영비주의 낯빛은 좋지 않았다. 그러나 피월려는 대수롭지 않다는 듯 말했다.

"하지만 그건 이제 걱정할 거리가 아니지."

"좋은 방법이라도 있나?"

"아니. 하지만 그 일은 저절로 해결될 거야."

무영비주는 얼굴에 의문을 담았다.

"왜?"

피월려는 팔로 목의 관절을 꺾으면서 찌뿌듯한 목 근육을 풀었다.

"천마신교에서 비도혈문과 손을 잡는다는 말은 곧 하오문을 죽이겠다는 뜻이니까. 외관상 신물주는 외부의 인물에게 죽었고 마교인인 나는 암살을 당했다. 따라서 누군가 책임을 져야 해. 비도혈문이든 하오문이든 간에 말이지."

"그래서 우리를 받아들이고 하오문에게 책임을 묻겠다는 거잖아."

"그 와중에 하오문주는 아마 척살당할 것이다."

"하지만 빠른 시일 내에 하오문주가 죽지 않는다면 여전히 문제가 발생한다."

"아아… 걱정하지 말라니까 그러네."

"……."

"날 좀 더 신용하라니까."

무영비주는 그래도 불안한지 입술을 달싹거렸다. 하지만 그는 말을 끝까지 아꼈다. 피월려가 딱 잘라 단호하게 말한 이상 더 말하는 것은 의미가 없기 때문이다.

그때였다.

"오! 용안의 주인이 깨어났나 보군!"

어둠이 가득 찬 한쪽 구석에서, 어깨에 두 마리의 토끼를 짊어진 용조가 걸어왔다. 평범한 흑의를 입고 칼을 옆에 찬 그는 전에 봤을 때와 별반 다른 점을 찾을 수 없었다.

피월려는 그를 경계하며 위아래로 훑어보았다.

"용안의 주인은 나를 칭하는 것이오?"

용조가 찢어진 미소를 지으며 대답했다.

"당연하다. 여기에 용안을 가진 사람이 또 누가 있다고 그런 질문을 하는 것인가?"

"본인은 아니시오?"

"나는 용이다. 용안을 가진 용이지, 용안을 가진 사람이 아니지."

피월려는 한쪽 입꼬리를 올렸다.

"용이라……. 사실 내가 그것에 관해서 묻고 싶은 것이 참 많았소."

"무영비주에게 들어서 안다. 나와 대화하고 싶어 했다면서?

나 또한 관심이 있기에 이렇게 찾아왔다."

그는 무영비주에게 토끼를 건네주었다. 그것을 받아 든 무영비주는 작은 단검을 꺼내 가죽을 벗기기 시작하며 중얼거렸다.

"피월려. 네 부탁대로 데려왔다. 하지만 전에 말한 것처럼 나도 여기서 대화를 들을 테니 그리 알아라."

피월려는 고개를 끄덕였다.

"어차피 상관없어."

용조는 피월려의 정면에 자리하면서 기이한 기운이 감도는 눈빛으로 피월려를 응시했다.

"자, 용안의 주인이여. 묻고 싶은 것이 뭐지?"

피월려는 눈을 가늘게 떴다.

"우선 본인이 용이라는 말은 무슨 뜻이오? 인간이 아니라는 뜻이오?"

"어리석은 인간과 비교하지 마. 나는 용이야."

"내 눈에는 그리 뵈지 않소만."

"전에 나와 힘을 겨뤄봐서 알 텐데? 나는 어리석은 인간이 만든 내공 따위를 익히지 않았지. 그럼에도 불구하고 그와 동등하거나 상응하는 힘이 있어. 게다가 목이 완전히 꺾였지만 목숨을 잃지 않았지. 이는 내 육체 자체가 인간의 것과 궤를 달리하기 때문이다."

피월려는 혹시나 하는 마음에 무영비주를 슬쩍 보았다. 시선을 느낀 무영비주는 가죽을 덜어내는 척하며 입을 가렸다.

[미친놈이다. 그것도 완전히.]

"……"

[솔직히 왜 만나고 싶어 했는지 모르겠군.]

무영비주는 그를 단순히 광인으로 생각하는 듯했다. 자기를 용으로 지칭하는 것이나 내력이 아닌 용의 괴력을 쓴다는 말을 모두 헛소리로 취급했다.

물론 평소 같으면 피월려도 그리 생각했을 것이다. 단시월 같은 광인도 있는데 자기를 용이라고 착각하는 무림인이 한 명쯤 있어도 이상할 것이 없다. 하지만 몇 가지 이해가 가지 않는 부분이 있었다.

피월려가 물었다.

"그때 내가 보았던 날개는 무엇이오? 단순한 환술이 아니오?"

"그것은 내 본체의 날개다."

"지금 보여주실 수 있소?"

"현세에 본체로 강림하는 것은 매우 어려운 일이지. 그때처럼 확실한 목적이 없는 한 꺼내지 않아."

이해가 가질 않는 개소리뿐이다.

용조가 떡하니 팔짱을 끼자, 피월려는 다른 질문을 했다.

"내가 용안에 관계된 심공을 익히고 있다는 것을 어찌 아셨소?"

"용이 용의 눈을 알아보는 것이 당연하지."

"그것뿐이라면 이런 질문을 하지도 않소. 그때 왜 내 스승님의 함자를 물어보셨소?"

"어느 어리석은 용이 인간에게 용안을 알려주었는지 궁금했었어."

"그게 무슨 말이오?"

"설마 용안을 인간 스스로 얻을 수 있다고 생각한 것인가? 그것은 절대로 불가능해. 인간이 용안을 가지고 있다? 그건 십중팔구 용이 가르쳐 준 거야."

피월려는 어처구니가 없었다.

"참나……. 이젠 내 스승님까지도 용으로 만들 작정이요?"

"만든 것이 아니라 맞다. 내가 궁(宮)에 확인해 보니 조진소라는 용이 있었다고 했어."

"……"

"그는 십 년 전 용의 자격을 박탈당했다. 인간에게 너무 관심을 가진 탓이지……. 그는 인간의 문물에 너무 많은 관심을 가졌었다. 특히 무공에 미쳐 있었다고 했다. 들기로는 용의 힘을 무공으로 탈바꿈시키는 연구를 했다더군."

너무나도 진지한 어조에 피월려는 당황하지 않을 수 없었다.

"그… 그게 무슨……. 정녕 내 스승님을 아신단 말이오?"

"만약 그런 일이 없었다면 나의 사숙조가 되셨을 것이다."

"말도 안 돼. 문파의 이름이 무엇이오?"

"문파가 아니다. 청룡궁(靑龍宮)은 개별적으로 생활하는 용들이 모여 사회를 이루는 유일한 곳이지."

피월려는 청룡궁이라는 곳을 들어본 적이 없었다. 하지만 이성적으로 이해할 수 있는 한도 내에서 용조의 말을 믿으면, 그곳은 용과 관련된 무공을 익히는 신비 문파일 가능성이 컸다. 그리고 용조의 사숙조가 될 뻔했다면, 조진소 또한 그 청룡궁이라는 문파의 일원이었던 것이다.

조진소는 단 한 번도 자기의 문파를 피월려에게 말한 적이 없었다.

항상 대답을 회피하거나 얼버무릴 뿐이었다. 피월려는 그에게서 무형검을 익히는 방법과 용안심공, 그리고 실전에서 써먹을 수 있는 몇 가지 간단한 초식만을 전수받았을 뿐 딱히 외공이라 칭할 수 있을 만한 것을 배운 적이 없었다.

그리운 스승님의 흔적을 발견하니 이상하게 마음이 들떴다.

피월려가 말했다.

"그 청룡궁은 어디에 위치해 있소?"

"감히 인간 주제에 청룡궁에 발을 들이려고? 그곳은 인간이 절대 갈 수 없는 이면의 세계에 존재하니 꿈에라도 들어올 생각 마라."

하긴 알려줄 것 같지도 않았다.

그 뒤로 피월려는 좀 더 진위 여부를 파악하려고 여러 가지 질문을 던졌지만, 그때마다 용조는 이상한 대답으로 일관했다. 따라서 용조가 말하는 것이 어디까지 진실이고 어디까지가 거짓인지 알 길이 없었다.

온갖 회의감이 든 피월려는 이대로 포기하려 했으나 번뜩 한 가지 생각이 머릿속에 스쳐 지나갔다.

그가 물었다.

"혹 서화능을 아시오? 스승님의 동문이라 했으니 아마 그도 청룡궁의 문도였을 것이오."

"당연히 알다마다. 그 배신자를 모를 리가 없지. 내가 애초에 낙양에 자리 잡은 이유도 그자를 잡기 위해서다. 현재 현세에 나와 있는 용들은 모두 그자를 찾기 위해서라고 해도 과언이 아니지."

"배신자라면, 그가 청룡궁을 배신했다는 것이오?"

"아니, 그보다 더한 배신이다. 그는 용으로서 당연히 섬겨야 할 황룡님을 배신했다."

"황룡은 또 뭐요? 용이랑 다른 것이오?"

"황룡님은 모든 것을 지배하시는 분이지."

문주 같은 개념인 것 같은데 그러면 또 의문이 든다.

"그럼 왜 이름이 청룡궁이오? 황룡궁이라 해야 하지 않소?"

"어리석은 인간이군. 모든 용은 인간의 눈에 청색으로 보인다. 그러니 인간들이 용을 청룡이라 칭하는 것이지. 황룡님은 단순한 용이 아니라 모든 것을 지배하시는 분이다. 우리와는 다른 존재이시지. 그런데 서화능을 아는가?"

반대로 질문하니 피월려는 친절히 대답해 주고 싶은 마음이 전혀 없었다. 의문을 해소시켜 주기는커녕 오히려 머리만 복잡하게 만든 그에 대한 작은 복수였다.

"이름을 듣기만 했소. 자세한 건 아무것도 모르오."

"역시……. 혹 그자의 행방을 알게 되면 내게 말해주었으면 한다."

"뭐, 알겠소."

피월려는 툭하니 대답하고는 기지개를 쭉 폈다. 어차피 답도 안 나올뿐더러 서화능에게 직접 물어보면 좀 더 확실하게 진실을 알 수 있었기 때문이다.

피월려가 더는 질문하지 않자 용조는 잠시 불길을 응시하더니 곧 자리에서 일어났다.

가죽을 모두 벗긴 토끼를 나뭇가지에 걸어 불 위에 올리던 무영비주가 그를 쳐다보았다.

"가는 건가?"

용조가 말했다.

"용안에 관한 의문이 해결되었으니 내가 더 있을 이유가 없지."

"자네가 사냥한 것인데, 맛이라도 보고 가지?"

"용은 토끼를 먹지 않아. 애초에 두 마리만 가져온 것도 그 이유고. 이만 갈 테니 낙양에 귀환하면 보자고. 아, 참. 살막주가 날 찾던데, 너한테는 연락 없었나?"

"그래? 모르는 일이야. 근데 살막주가 낙양에 있나?"

"그것조차 몰랐나? 잠사인 네가 모르는 일이면 그냥 개인적인 용무인가 보군. 그럼 이만 가겠다."

무영비주가 뭐라 하기도 전에 용조는 빠르게 자리를 벗어났다. 무슨 급한 일이라도 있는 듯 움직였지만, 무영비주는 그가 항상 그리 움직인다는 것을 잘 아는지라 신경 쓰지 않았다.

그는 대신 옆에서 뭔가 골똘히 생각하는 피월려를 불렀다.

"원하는 대답은 얻었나?"

"흥! 옆에서 들었잖아? 하는 말의 반 이상은 헛소리였지."

"어렸을 때부터 청룡궁이라는 곳에서 자라서 그런 것이겠지. 그들의 이상한 철학을 진실이라 믿는 것이다. 자기를 용이라고 생각하고, 내공으로 인한 내력을 용의 괴력으로 생각하는 것이지."

"나도 그렇게 생각해……. 다만 조금 마음에 걸릴 뿐이지."

"뭐가?"

"그냥 이것저것. 하여간 서화능 지부장님께 물어보면 될 일이니까. 참! 그 이야기는 할 건가?"

"무엇을?"

"용조가 서화능을 찾기 위해서 낙양에 있다고 했잖아. 서화능이 낙양지부의 지부장인 것을 말할 거냐고."

"아니."

"왜?"

"저 녀석은 일급 살수로 써먹기 좋거든. 낙양에 최대한 오래 두고 싶다. 가급적이면 너도 말해주지 않았으면 하는군."

"큭큭큭. 잠사가 된 지 얼마나 됐다고 벌써 살수를 관리해?"

"잠사가 아닐 때도 이 정도는 기본이었지."

"그래?"

피월려는 자조 섞인 웃음을 흘리며 자리에서 일어났다. 불씨를 만지면서 토끼를 굽던 무영비주가 그에게 물었다.

"막 잡은 거라 생각보다 빨리 익는다. 멀리 가진 마."

"주변 가까운 곳에 물이 있나?"

"설마, 변(便)인가?"

"어."

"저쪽으로 반 리만 걸으면 시냇물이 나올 거야."

피월려는 목을 가리켰다.

"무영사 안 풀어줄 거면 같이 가든가."

"걱정 말고 다녀와. 그 정도 거리는 문제없으니."

반 리면 육백오십 장이다. 그 먼 거리의 무영사를 문제없이 조절할 수 있다니, 피월려는 믿을 수 없었다.

"손에 쥐고 있는 검에도 내력을 싣기가 어려운데 육백오십 장이나 멀리 떨어진 실에 내력을 싣는 것이 가능하다고?"

무영비주는 대수롭지 않게 말했다.

"운용의 묘가 다르다. 검과 비슷하게 생각하면 오산이지."

"그래도, 믿을 수가 없군."

"그럼 믿지 마. 어차피 네가 잃을 건 없지."

"……."

무영비주는 정말로 신경 쓰지 않는지 불씨에 집중했다. 피월려는 어차피 도망갈 생각이 없었으니 딱히 할 말이 없었다.

그는 곧 걸음을 걸어 무영비주가 말한 시냇물에 가까이 갔고, 거기서 대변(大便)을 보았다. 그리고 내키지 않았지만 왼발을 들어 그 대변을 짓밟았다.

"으, 더럽군……."

혐오감이 가득 찬 표정으로 피월려는 두세 번을 더 밟은 뒤에 서둘러 무영비주에게로 돌아갔다.

무영비주는 그의 걸음을 보고 이상함을 눈치챘다.

"크하하. 보아하니 쾌변은 아닌가 봐?"

피월려는 자리에 털썩 주저앉으며 말했다.

"그건 아니고 잘못하다가 밟았어."

무영비주는 얼굴을 찌푸렸다.

"뭐? 더럽기는……. 물로 씻었나?"

"신경 꺼라. 알아서 했으니. 그나저나 토끼는 다 익은 건가?"

"아직."

"그래?"

피월려는 계속해서 작은 신음을 흘리며 신을 풀 위에 비볐다. 식욕이 다 날아가는 것을 느낀 무영비주는 그에게서 시선을 거두며 말했다.

"설마 네가 용조와 동문인지는 몰랐다."

나무껍질까지 뜯어서 비비던 피월려가 고개를 들었다.

"동문이라니. 난 그 청룡궁이라는 곳을 들어본 적도 없었어."

"하지만 네 스승이 용조의 사숙조가 된다면 동문이 아니고 뭐냐?"

"내가 스승님을 만난 건 스승님께서 은거할 당시였다. 아마 파문을 당하시고 난 후일 거야."

"그래도 무공은 같은 거잖아? 용안인지 뭐라 얘기했잖아."

"그건… 나도 확신은 없다. 내가 알기론 스승님이 창시한 것으로 알고 있는데 이제 보니 청룡궁의 심공의 변형물인가 싶군."

"그런가……."

"근데 그건 갑자기 왜?"

무영비주는 잠시 말이 없다가 토끼 고기를 돌리면서 나지막하게 말했다.

"용조는 강하다. 일류 살수 중에서도 상급이야. 괴력과 환술이라는 전혀 상반된 두 개의 것을 완벽하게 사용한다. 우도로나 좌도로나 손색이 없어."

"그래서?"

"항상 궁금했었다, 어떤 문파의 무공을 익혔는지. 그렇게 특색 있고 강력한 무공이 아직까지도 세상에 알려지지 않는 점이 신기했지. 하지만 비슷한 무공을 익힌 너는 완전히 다른 형식의 무공으로 보인다. 그러니 더욱 호기심이 돋는군."

"같은 무공이 아니라니까 그러네. 그 고기 좀 줘봐. 다 익은 것 같은데."

무영비주는 하나를 들어 피월려에게 주었고, 피월려는 토끼

고기를 관통하는 나뭇가지를 들고 조금씩 베어 먹기 시작했다. 무영비주는 손을 흔들어 무영사를 거두었다.

피월려가 고기 위로 그를 흘겨보며 말했다.

"안 풀어줄 줄 알았는데?"

무영비주는 손을 뻗어 고기를 들더니, 품속에서 작은 통을 꺼내 그 고기 위에 조미료 같은 것을 뿌렸다. 그가 말했다.

"먹을 땐 개도 안 건드는 법. 이거 좀 줄까?"

"뭔데?"

"조미료인데, 내가 살던 사천에서는……."

"됐다. 누가 사천 출신 아니랄까 봐 그걸 전부 들고 돌아다니다니."

"이상하군. 사천 출신이라고 다 들고 다니진 않을 텐데…….
또 누가 이런 걸 들고 다니는 것을 봤나?"

"가도무. 자기가 사천 출신이라 했었어."

"가도무? 그자가? 흠……. 분명 천살성이라고 했지?"

무영비주는 뭔가 회상하는 듯 보였다.

피월려가 물었다.

"뭔가 아는 것이 있나?"

"그자의 무기가 뭐지?"

"별호가 천살지장이야."

"그래? 그렇다면 짐작 가는 인물이 있는데."

"누구?"

"정확하게는 모르지만 오십 년 전 사천에 장공으로 유명한 청년 고수 한 명이 있었다. 남자라면 나이를 가리지 않고 죽이고 여자라면 나이를 가리지 않고 겁탈해서, 간살색마(姦殺色魔)라는 특이한 별호를 가지고 있었지. 그때 사천무림은 당문과 비도문의 전쟁으로 매우 혼란했었는데, 그 틈을 타고 그자는 사천 일대를 마음대로 누볐다고 했다. 그러다가 몇 년 뒤에 당문에서 추살을 했는데, 도망 다니다가 그길로 마교에 입교했다고 했다."

"그자의 이름은 모르고?"

무영비주는 고개를 저었다.

"알려진 건 별호와 천살성이라는 사실뿐이다."

이는 좋은 정보다. 가도무를 상대해야 할지 모르는 피월려가 알아둬서 나쁠 것이 없었다. 피월려는 토끼 고기를 다시 먹기 시작하면서 무영비주에게 말했다.

"조금 싱겁군."

"지금이라도 넣지?"

"괜찮다니까."

피월려는 괴상망측한 조미료 때문에 식사를 망치고 싶지 않았다. 그들은 빠르게 고기를 모두 먹고 불을 껐다. 무영비주는 땅을 파내서 사람의 흔적을 하나하나 지웠는데, 그가 손을 털며 일어났을 땐 그곳에 불이 있었다고 믿을 수 없을 만큼 자연스러워졌다.

피월려와 무영비주는 서서히 걸음을 걷기 시작했다. 시간이 지나면 지날수록 숲이 거칠어졌고, 그들은 말 한 마디 나눌 새 없이 힘들게 한 발씩 나아갔다. 무영비주는 나무와 풀을 자세히 관찰하며 짐승의 길을 찾아 움직였는데, 짐승의 길이란 것도 차마 인간에게는 길이라 할 수 없었다.

몸은 지치고 피곤해졌지만 그들이 나아가는 거리는 매우 짧았다. 한곳을 뱅뱅 도는 듯한 느낌을 받아 물었지만, 그렇게 가지 않으면 비도혈문에 도착할 수 없다는 것이 무영비주의 말이었다. 진법 같은 것이 있진 않았지만, 자연이 만든 미로는 진법보다도 더욱 복잡했다.

그렇게 몇 시진을 걸었을까? 동쪽에서 태양이 고개를 들 때쯤, 피월려는 눈앞에 확 트이는 시야를 감상할 수 있었다. 온갖 나뭇가지로 가려져 한 치 앞도 내다보기 힘들었는데, 이렇게 온 세상이 눈에 들어오는 절벽 위에 서니 감회가 새로웠다.

그러나 무영비주는 그것을 감상할 마음도 없이 절벽 아래로 훌쩍 뛰었다. 피월려가 놀라 아래를 보았는데, 무영비주는 툭 튀어나와 있는 한 모퉁이에서 손짓하고 있었다.

"조금만 내려가면 된다. 어서 와라."

"비도혈문이 절벽에 있는 건 아니지?"

"그랬다가는 어디서든 볼 수 있겠지. 절벽에 있는 것이 아니라 절벽 안에 있다."

"안?"

"별로 안 걸린다. 서둘러라."

그렇게 말한 무영비주는 또다시 도약하여 좀 더 아래에 있는 널찍한 돌 위로 훌쩍 뛰었다. 마땅히 좋은 경공이 없는 피월려로서는 두려움이 앞서는 것이 사실이었지만 이제 와서 무영비주에게 약한 소리를 할 수 없던 터라 하는 수 없이 뛰어야 했다. 피월려는 용안과 극양혈마공을 총동원하여 부족한 경공을 메우면서 위험천만한 무영비주의 행보를 조심스럽게 따라잡았다.

한 식경 후, 그들은 세 사람 정도가 겨우 들어갈 만한 작은 틈새 안으로 들어섰다.

피월려는 눈으로 쏟아지는 아름다운 광경에 감탄을 금할 수 없었다.

"대단하군. 절벽 안에 이런 집채가 있을 줄이야."

반사된 햇빛을 그대로 받아 훤히 빛나는 동굴 안에는 존양에서 그냥 들고 온 것 같은 큰 집채 하나가 그 웅장함을 자랑하고 있었다. 위로는 아름다운 종유석, 아래로는 보석 빛깔의 물이 흐르니 책에서만 읽던 천상계가 이런 곳이 아닐까 생각했다.

하지만 무영비주는 별 감흥이 없는 듯했다. 그는 앞으로 가려는 피월려의 길을 막고는 잠시 기다리라고 손짓했다.

곧 한 인형이 저택에서 나와 바닥에 솟아난 석순을 가볍게 밟으며 다가왔다. 검처럼 날카로운 석순의 끝을 밟으며 호수 위를 아슬아슬하게 움직이는 그 청년은 마치 신선과도 같은 위용을 뽐냈다. 약관을 넘지 않은 듯한 어린 청년으로 보였는데, 차갑게 가라앉은 눈빛은 강호의 노고수과 비교해도 손색이 없었다.

그 어린 청년은 경계하는 시선으로 피월려를 보며, 무영비주 앞에 섰다.

『천마신교 낙양지부』 8권에 계속…

초대형 24시 만화방

신간 100%, 샤워실, 흡연실, 수면실(침대석), 커플석, 세탁기 완비

▪ 광명 광명사거리역점 ▪

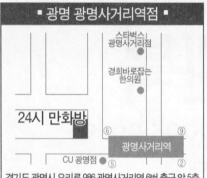

경기도 광명시 오리로 986 광명사거리역 6번 출구 앞 5층
02) 2625-9940 (솔목타워 5층)

▪ 강북 노원역점 ▪

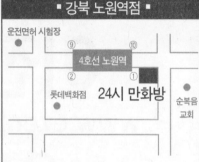

서울 노원구 상계동 340-6 노원역 1번 출구 앞 3층
02) 951-8324 (화용빌딩 3층)

▪ 일산 정발산역점 ▪

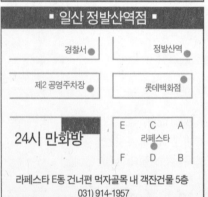

라페스타 E동 건너편 먹자골목 내 객잔건물 5층
031) 914-1957

▪ 일산 화정역점 ▪

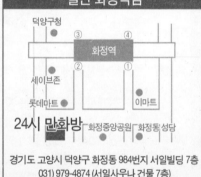

경기도 고양시 덕양구 화정동 984번지 서일빌딩 7층
031) 979-4874 (서일사우나 건물 7층)

▪ 부천 역곡역점 ▪

역곡남부역 기업은행 건물 3층
032) 665-5525

▪ 부평역점 ▪

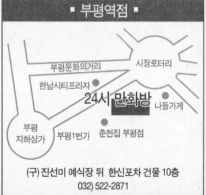

(구) 진선미 예식장 뒤 한신포차 건물 10층
032) 522-2871

톱스타 이건우
크레도 장편소설
FUSION FANTASTIC STORY
열정만으로 성공하는 것은 아니다!
어중간한 실력으로 허송세월하던 이건우.
그의 앞에 닥친 갑작스러운 사고와 함께 떠오르는 기억.
'나는 죽었는데 살아 있어. 그건 전생? 도대체……'
전생부터 현생까지 이어지는 인연들.
그리고 옥선체화신공(玉仙體化神功)…….
망나니처럼 살아온 이건우는 잊어라!
외모! 연기! 노래!
삼박자를 모두 갖춘 최고의 스타가 탄생한다!
Book Publishing CHUNGEORAM
유행이 아닌 자유추구 -
WWW.chungeoram.com

FUSION FANTASTIC STORY

박선우 장편소설

스크린의 별

비호감을 불러일으킬 정도로 못생긴 외모를 가진 강우진.

우연히 유전자 성형 임상 실험자 모집 전단지를
발견한 그는 마지막 희망을 걸고
DNA를 조작하는 주사를 맞게 되는데……

과거의 못생겼던 강우진은 잊어라!

세상에서 가장 아름다운 사나이.
그가 만들어가는 영화 같은 세상이 펼쳐진다!

Book Publishing CHUNGEORAM

유행이 아닌 자유추구 -
WWW.chungeoram.com